Gertrud Rama

Die Unvollendete

Bestand hat nur die Veränderung

Gertrud Rama: Die Unvollendete

ISBN 3-89811-491-0

Umschlagbild: Ruth Prager

Umschlaggestaltung und Layout: Ursula Prager-Ramsa

Lektor: Dieter Zoubek

Druck und Verlag: BoD

Inhalt

Die ersten Kinderjahre

"Sie haben gefolgt?" Ungläubig schaute mich die Frau an. Wir beide waren am Heimweg von einer Buchpräsentation. Wir sprachen über das Buch und streiften kurz unseren Lebenslauf, als ich erzählte: "Ich mußte nähen lernen, regelmäßig nähen lernen, mit Gesellenprüfung und einem Jahr Praxis. Erst dann konnte ich machen, was ich wollte." Die Frau erstaunte das. "Sie haben gefolgt?" Unsere Wege trennten sich. Nachdenklich fuhr ich allein nach Hause.

Tagelang beschäftigte ich mich mit dieser Frage. Ich kramte in meinen Erinnerungen und stellte fest, die Erziehungsmethoden meiner Eltern waren ungewöhnlich. Wenn es nach meinem Vater gegangen wäre, hätte er mich nie gezeugt. Er stammte aus einer Beamtenfamilie mit 16 Kindern. Das Geplärre und der Zank der Kleinen stimmte ihn nicht kinderfreundlich. Meine Mutter hatte vier Geschwister. Mit elf Jahren war sie Vollwaise. Sie kam zu ihrer Taufpatin. Diese führte ein Gasthaus am Land. Damals war Kinderschutz unbekannt. Das hieß, meine Mutter wurde ständig mit Arbeit überfordert. Ihre Schwester ging als Dienstmädchen nach Wien. Sie heiratete ihren Dienstgeber mit 16 Jahren und holte meine Mutter zu sich. Hier lernte meine Mutter in der Volkshochschule nähen und wurde berufstätig. In der Monarchie, das heißt als Österreich noch ein großes Land war, gab es keine Arbeitslosigkeit. Die Menschen mußten standesgemäß leben. Selbst in einer der Beamtenfamilie gab es Dienstpersonal. Bei meiner Mutter - ihre Eltern hatten einen kleinen Gewerbebetrieb - war es dasselbe. So wurden die Leute beschäftigt. Vor Jahren sprach ich mit einem Offizier. Von ihm erfuhr ich die Kehrseite dieser Lebensart. Er erzählte mir, wie schrecklich es war. Nie war man ohne Kontrolle, nie konnte man seinen Gefühlen freien Lauf lassen.

Wenn ich so nachdenke, war mein Leben auf Zufälligkeiten aufgebaut.

Silvester 1918. Meine Eltern waren in einem Vergnügungslokal. Dort wurde nach 12 Uhr Mitternacht Tombola gespielt. Mein Vater gewann den ersten Preis. Es war ein lebendiges Ferkel. Das war der Anfang von mir. Abenteuerlich ging es weiter. Meine Mutter erzählte mir jahrelang von ihrer Leistung bei der Geburt. Sie hielt mich einen Tag zurück. Die Ärzte rechneten den 8. September aus. Aber das wäre ein Unglückstag gewesen und daher wäre mein Schicksal schlecht verlaufen. Wenn ich davon erzählte, bekam ich zur Antwort: "Das war doch riskant. Sie hätten einen Dachschaden bekommen können." Dachschaden ist bei uns ein sehr gebräuchliches Wort für Hirnschaden. Manchmal denke ich daran, ob ich nicht doch Schaden bekommen habe. Auch mir selbst sind meine Handlungen nicht immer klar verständlich.

In den ersten Nachkriegsjahren verhungerten tausende Wiener Kinder. Wenn ich zurückdenke, waren die meine ersten sechs Jahre recht traurig. Meine Mutter litt an Tuberkulose. Man nannte sie die Wiener Krankheit. Sie drückte mich nie an sich, um eine Ansteckung zu vermeiden. Erst als ich zwei Jahre alt war, erfuhr ich zum ersten Mal körperliche Wärme. Meine Eltern folgten einer Einladung in einen Bauernhof. Dort verschwand ich eines Tages. Trotz eifrigen Suchen war ich nicht auffindbar. Dabei konnte ich noch nicht gehen, nur kriechen. Als die Verzweiflung meiner Mutter ihren Höhepunkt erreichte, fand man mich im Kuhstall bei der liegenden Kuh friedlich schlummern. Jäh riß Mutter mich in die Höhe, rannte aus dem Stall und drückte mich an sich. Noch heute höre ich ihre Worte: „Ich darf gar nicht daran denken, was alles hätte passieren können." Ich blieb ein Einzelkind.

Mit drei Jahren war ich das erste Mal auf ein paar Wochen von zu Hause fort. So lernte ich frühzeitig mich durchzusetzen. Es gab damals verschiedene Organisationen, die sich zur Aufgabe machten kleine Kinder auf ein paar Wochen durchzufüttern. Meine Eltern trachteten immer wieder, mich unterzubringen. Was ihnen auch gelang. Leider faßte ich ihre Mühe falsch auf. Ich war der Meinung, man wollte mich los werden.

Da ich also ein Einzelkind war, glaubten meine Eltern, daß ich die Gesellschaft anderer Kinder suchte. So wurde ich in einen Klosterkindergarten eingeschrieben. Wenn ein Kind brav war, so bekam es von der Klosterschwester ein Heiligenbildchen geschenkt. Die meisten Kinder freuten sich sehr darüber und versprachen nachzueifern, ohne zu wissen, um was es geht. Ich bekam nie ein Bildchen. Meistens mußte ich im Winkel stehen. Warum? Weshalb? Das weiß ich nicht. Ich hatte den Ruf ein schlimmes Kind zu sein.

Doch einmal kam es ganz anders. Ich spürte einen Drang in mir und wollte hinaus aufs Klo. Aber da kam ich falsch an. Dazu gab vorgeschriebene Zeiten und das war außerhalb dieser Zeit. So etwas konnte man nicht einreißen lassen. Ich wurde dazu verdonnert ruhig auf meinem Platz zu sitzen. Langsam füllte sich meine Hose und ich traute mich kaum zu rühren. Als mich meine Mutter abholte, wurde ich von der Schwester sehr gelobt und bekam für mein gutes Betragen zwei Bildchen. Daraufhin brachte mich keiner mehr in den Kindergarten. So war dieser Lebensabschnitt für mich erledigt.

Kirche und Krankheit: Die Volksschulzeit

Das nächste Abenteuer fing für mich an als ich sechs Jahre alt wurde. Meine Mutter ging mit mir, um mich zum Schulbesuch einschreiben zu lassen. Wir waren beide sehr aufgeregt. Die erste Frage der Schuldirektorin war aber nicht nach meinen Daten, sondern: "Sind Sie schon aus der Kirche ausgetreten?" Natürlich ließen sich meine Eltern in ihrem Glauben nicht beeinflussen. Ich hörte es von allen Seiten. Ein Mann sagte: "Es gibt keinen Gott." Als der Satz zu Ende war, fiel er tot um.

Die Parteien hatten militärische Organisationen. Die Straße war ihr Kampfplatz. Sprüche schwirrten um mich herum. Ich kenne sie heute noch. Eine kleine Kostprobe: "Willst du nicht mein Bruder sein, so schlag ich dir den Schädel ein.", "Hahnenschwänzler, Hahnenschwänzler bist ein armer Tropf. Was der Hahn am Hintern hat, trägst du stolz am Kopf." oder "Er lügt wie gedruckt. Versprechen ist nobel und halten gemein, darum pflegen wir immer nobel zu sein."

Die erste Zeit begleitete mich meine Mutter in die Schule und holte mich ab. Dann kam der Augenblick, wo ich selbständig nach Hause gehen sollte. Ich versagte: Ich ging weder die vorgeschriebene Route, noch kam ich gleich nach Hause. Ich machte einen Umweg über den Gemüsemarkt, der in der Nähe der Schule war. Plötzlich sah ich meine Mutter mit hoch erhobenen Teppichklopfer mir entgegen laufen. Bevor ich noch reagieren konnte, drosch sie wild auf mich ein. Kein Mensch hinderte sie daran. "Wer sein Kind liebt, der züchtige es." Das hörte ich bis zum Überdruß, wenn Mutter mich verdrosch. Das waren heilige Worte aus der Bibel, die mußte man einhalten. Aber einen Nutzen hatten die Prügel. Ich ging in Zukunft den kürzesten Weg von der Schule nach Hause und war mein ganzes Leben pünktlich.

Die Erinnerungen vom ersten halben Schuljahr fehlen mir. Sie setzten erst ein, als der Schularzt feststellte, ich hätte Hilusdrüsen-Tuberkulose. Ich wurde vom Schulunterricht befreit. Man steckte mich in eine Stiftung, fern der Großstadt. Das Ziel der Stiftung war Kinder widerstandsfähig gegen Krankheiten zu machen. Wir wurden abgehärtet, das heißt, wir wurden nur notdürftig bekleidet und schliefen im Freien. Ich versagte bei dieser Prozedur, bekam Lungen- und Rippenfellentzündung und wurde zurück nach Wien gebracht.

Die erste Zeit ging es mir im Spital gut. Man fragte mich, was ich gerne esse und gab es mir. Aber dann, als ich über dem Berg war, ging die Versuchsreihe weiter. Ich kam auf die Dachstation des berühmten Wiener Kinderarztes Pirqué. Wir schliefen auch im Winter im Freien. Dazu wurde auch unsere Essensmenge genau reguliert. Dunkel erinnere ich mich, daß wir Kinder vermessen wurden. Die Darmlänge wurde berechnet, das Essen wurde uns nur dekagrammweise zugeteilt. Ich hatte in dieser Zeit immer Hunger. Mit Tränen in den Augen kniete ich vor der Schwester, die das Essen austeilte. Aber nichts konnte die Frau bewegen mir einen Nachschlag zu geben. So ging ich auf Suche nach Essensresten. Wenn etwas auf den Tellern zurückgelassen wurde, verschlang ich es hastig.

Es gab in der Klinik auch Schulunterricht. Nach der Krampusfeier wurde ich entlassen. Meine Mutter wurde beauftragt, in 14 Tagen zur Nachuntersuchung zu kommen. Bei der Nachkontrolle stellte man sechs Kilogramm Gewichtszunahme fest. Ich war damals ein dreiviertel Jahr von zu Hause fort und meinen Eltern feindlich gesinnt. Meine Lebenslage hatte sich nun verbessert, ich konnte essen soviel ich wollte. Bis zum Ende meiner Schulzeit mit 14 Jahren war ich die Größte und Stärkste in meiner Klasse.

Da ich die erste Volksschulklasse nicht beendet hatte, mußte ich diese wieder von vorne anfangen. Als ich vom Spital nach Hause kam, war die häusliche Umgebung verändert. Es gab elektrisches Licht in der Wohnung. Es war aber sehr teuer im Betrieb, so daß es meine Eltern nur zu Festlichkeiten aufdrehten. Viele Jahre machte ich die Schulaufgaben noch im Licht einer Petroleumlampe. Gas war auch eingeleitet worden, ein Gasherd stand nun an Stelle des gemauerten Herdes. Auch das Klosett war verändert. Es gab nun eine Porzellanmuschel mit Wasserspülung. Die Müllabfuhr fuhr mit geschlossenen Wägen vor. Die Straßenbeleuchtung war von Gaslaternen auf elektrisches Licht umgestellt worden. Mein Vater verdiente ausreichend. Ja, er konnte sich sogar leisten, meiner Mutter eine Wäscherin zu bezahlen. Meine Mutter hatte ihr Ziel erreicht. Sie war nun Hausfrau und glückliche Mutter. Die Nähmaschine, die sie von ihrer Chefin als Hochzeitsgeschenk bekam, leistete ihr gute Dienste. Sie erzeugte gesamte Garderobe damit.

Ich bekam Schwimmunterricht, ging Eislaufen und Turnen und wurde in eine Bücherei eingeschrieben. Einmal wurde ich mit Nachbarskindern in ein Streitgespäch verwickelt. Es ging um die Frage, woher denn die Kinder kämen. Die Nachbarskinder hatten ein Doktorbuch zum Spielen bekommen und wußten daher Bescheid. Ich glaubte es ihnen nicht. Wir waren damals noch keine sieben Jahre alt. Als ich meiner Mutter davon erzählte, durfte ich mich auch mit dem Buch beschäftigen. Aber in der Öffentlichkeit sprach man von diesem Thema nicht.

Als ich neun Jahre alt war, stellte meine Volksschullehrerin bei mir einen Sprachfehler fest. Ich mußte einen Sprachprofessor besuchen, da ich kein "R" und "S" aussprechen konnte. Trotz vielen Üben mit meiner Mutter schaffte ich es nicht. Der Herr Professor verfiel auf eine ungewöhnliche Methode. Er drückte mir die Kehle zu, und sagte zu mir: "In fünf Minuten bist du tot." Da ich mir unter diesem Wort nichts vorstellen konnte, hatte ich keine Angst. Gelegentlich erzählte ich meiner Mutter davon. Es war bei einem Spaziergang im Schloß Schönbrunn. "Da gehst du mir nicht mehr hin", war alles, was sie sagte. Von der Stunde an konnte ich die zwei Buchstaben aussprechen.

Bis ins Jahr 1932 verlebte die Familie eine glückliche Zeit. Ich wurde nicht mehr verschickt. Meine Mutter und ich konnten in den zwei Monaten Schulferien am Land sein. Mein Vater versorgte sich in dieser Zeit selbst. Jedes Wochenende kam er zu uns und brachte von Wien Lebensmittel mit. Diese waren in Wien bedeutend billiger. Wenn meine Mutter und ich dann im Herbst nach Wien zurückgekommen sind, war die Wohnung, es waren nur Zimmer und Küche, neu ausgemalt, der Fußboden frisch gestrichen. Vater hatte ein Schmuckstück daraus gemacht. Mutter betonte immer, ein anderer Mann wäre nicht so lange allein geblieben und hätte die Wohnung renoviert.

Sonntags machten wir Ausflüge in die nähere Umgebung von Wien. Abschließend besuchten wir ein Restaurant. Überall spielten Musikanten. Die Menschen waren vergnügt, und bei manchen bekannten Melodien wurde kräftig mitgesungen.

1932 war ein ereignisreiches Jahr für die Familie. Vater verlor seine Arbeit. Er war 42 Jahre alt und Werkstättenleiter in einem Lederwarenerzeugergeschäft. Dort wurden feine Lederhandtaschen für das Inland und für den Export erzeugt. Von Deutschland kam billige Massenware. Die älteren Arbeitskräfte waren zu teuer für die Unternehmen. Mein Vater verlor seine Arbeit. Man stellte junge Menschen ein, weil sie billiger waren. Durch die Arbeitslosigkeit meines Vaters fiel der Landaufenthalt aus. Die Wohnung wurde nicht renoviert.

Meine Mutter suchte ihre ehemalige Arbeitgeberin auf, erzählte ihr von unseren Nöten und bekam von ihr eine Heimarbeit. Mutter war nun wieder berufstätig und ich half ihr fallweise bei ihrer Arbeit. Das Geld, das ich dabei verdiente konnte ich mir behalten.

Ich ging nun in die Hauptschule, in den ersten Klassenzug. Den Lehrstoff mußten wir uns selbst erarbeiten. Bald wurde unsere Klassenvorsteherin in eine andere Schule versetzt. Damit wollten wir uns nicht abfinden. "Das lassen wir uns nicht bieten. Wir werden streiken. Wir verweigern das Lernen. Wir lernen erst, wenn unsere Klassenvorsteherin zurückkommt." Eine Gruppe von Mädchen hetzte. Ich machte mit und stand vor einer schlechten Sittennote. Meine Mutter wurde in die Schule gerufen. Sie erklärte der Frau Lehrerin den Sachverhalt. Diese war sehr erstaunt über die Gedankengänge der Kinder, noch dazu, wo die Rädelsführerinnen sich äußerst lieb und gefügig zeigten. Sie machte mich auf den Umstand aufmerksam und zeigte Verständnis für meinen Schmerz. Sprach davon, daß sie gar nichts machen kann, sondern nur ihre Pflicht erfüllen. Das hieß ihre Arbeit dort zu machen, wo sie hingestellt wird.

Dieser Zwischenfall war eine wertvolle Erfahrung für mein ganzes Leben. Wenn man an mich herantrat, um bei etwas mitzumachen mußte ich immer an die Doppelzüngigkeit meiner Schulkolleginnen denken. Ich ersparte mir dadurch viel Leid. Auch im Religionsunterricht hatte ich Schwierigkeiten, und zwar bei den zehn Geboten Gottes. Ich fragte den Katechet: "Bitte, wenn Christus sagt: 'Du sollst nicht töten', wieso werden dann Religionskriege geführt?" Ich bekam keine Antwort. Die Klassenvorsteherin aber nahm mich beiseite und erklärte mir, ich hätte nicht zu fragen, sondern ganz einfach zu glauben, was man mir

14

erzählte. Zu der Zeit bemühte ich mich eine Heilige zu werden. Das hieß, jeden Tag bevor ich schlafen ging, erforschte ich mein Gewissen, und konnte ich einen Fehler ablegen, war auf einer vorgedruckten Tabelle ein Kreuzchen fällig. Wieder fragte ich: "Bitte, Herr Katechet. Wie lange dauert es, daß man heilig gesprochen wird?" Die Antwort: "100 Jahre nach dem Tod." Mein Eifer ließ nach.

Obwohl mein Vater arbeitslos war, ging er regelmäßig in der Früh fort, so als ob er in die Arbeit ginge. Meine Eltern bemühten sich diese Tatsache geheim zu halten. Mutter wechselte ihren Kaufmann, damit man nicht sehe, wie wenig sie nun kaufen konnte. Die Sonntage verbrachte mein Vater bei seinen Schwestern, und Mutter mit mir bei ihrer Schwester. Diese hat auch einen gesellschaftlichen Absturz erlebt. Ihr Mann hat sich von einem selbständigen Fuhrwerksunternehmer zu einem Hilfsarbeiter verwandelt. Auch mein Vater verwandelte sich zu einem Hilfsarbeiter, der über die Sommermonate im Park zusammen kehrte. In den Wintermonaten erhielt er wieder die volle Arbeitslosenunterstützung. Ich konnte durch die Mithilfe bei der Heimarbeit meiner Mutter meine Bedürfnisse finanzieren. Das waren einmal in der Woche ein Kinobesuch in der Volkshochschule, die Bücherei, Turnen, Schwimmen, Eislaufen. Den Landaufenthalt vermißte ich nicht.

Im Ständestaat

Politisch braute sich etwas zusammen. Ein geflügeltes Wort war: "Es kann nicht so weiter gehen. Es muß was geschehen." Und dann geschah etwas.

Es war an einem Montag, am 12. Februar 1934. Ich ging in die Schule. Aber es gab keinen Unterricht. Der Schulwart schickte die Kinder nach Hause. Er gab den Auftrag, zu Hause zu bleiben und nicht fortzugehen. Zu Hause angekommen, sagte mir meine Mutter: "Vater ist schauen gegangen, was los ist." Vater ist immer schauen gegangen, auch am 15. Juli 1927, als der Justizpalast brannte. Vater kam nicht heim. Meine Mutter wurde immer nervöser. Es war schon nach 1 Uhr mittags. "Wir müssen den Vater suchen gehen!" beschloß meine Mutter. Wir machten uns auf den Weg, gingen zum Westbahnhof. Hunderte von Menschen standen dort. Sie waren ratlos, keiner wußte was los ist. Plötzlich kam Bewegung in die Massen. Berittene Polizei stürmte auf die Menge zu und schoß ziellos auf die Menschen. Diese rannten laut schreiend davon. Manche stürzten und wurden zu Tode getrampelt. Wir rannten und rannten, Mutter hielt mich bei der Hand. Erschöpft kamen wir nach Hause. Vater war da. "Wo seid ihr gewesen? Ich habe mir schon Sorgen gemacht." So wurden wir begrüßt. "Ich muß Brot kaufen gehen. Hol du Petroleum für die Lampe", sagte Mutter zu Vater. Ich blieb zu Hause. Als die beiden zurückkamen, berichteten sie: "Es wird gekämpft. Wie lange es dauern wird, weiß man nicht. Es ist Standrecht ausgerufen. Das heißt, jeder der auf der Straße angetroffen wird, kann erschossen werden. Egal, ob er davon weiß oder nicht."

Eine Woche später gingen wir gemeinsam wieder schauen. In Ottakring, einen Wiener Bezirk, schauten wir uns fassungslos die zerstörten Häuser an. Der Schulunterricht ging weiter. Aber nun wurde vor und nach dem Unterricht gebetet. Die christliche Morallehre dominierte. Für mich war es das letzte Schuljahr.

Meine Mutter nahm es mit der Erziehung ganz genau. Um sicher zu sein, daß sie es richtig macht, bezog sie eine pädagogische Zeitschrift, die sie aber vor mir versteckte. Ich wußte von dem Versteck. Jedesmal, wenn Mutter die Heimarbeit liefern ging, nahm ich aus dem Versteck die Zeitschriften und überprüfte ihre Erziehungsmethode. Mir fiel auf, daß sie nicht konsequent war in ihren Anordnungen. Nur in der Pünktlichkeit kannte sie keine Gnade. Bei Gelegenheit machte ich sie darauf aufmerksam. So wütend habe ich meine Mutter noch nie erlebt. "Ich habe mich bemüht, es gut zu machen. Aber von heute an bist du dran! Erzieh dich selbst. Ich sage nichts mehr!" Betroffen stand ich da. Auf eine solche Wendung war ich nicht vorbereitet. Wenn Mutter mir Beispiele nannte, wie ich mich benehmen sollte, war meine Antwort immer: "Ich bin ich!" Jetzt konnte ich "ich" bleiben. Keiner hinderte mich mehr. Ich überlegte mir: "Wie fange ich an?" Einen starken Willen zu entwickeln, schien mir das Wichtigste seit ich in meinem Poesiebuch von einer Frau Lehrerin den Spruch hineingeschrieben bekam: " Ich will, das Wort ist mächtig, spricht's einer ernst und still, die Sterne reißt's vom Himmel, das eine Wort 'Ich will'!"

Kaum hatte ich mich dazu entschlossen, wurde ich schon vom Schicksal geprüft. Wir hatten in Wien eine Lungenfürsorge. Als Mutter zur Kontrolle ging, machte man ihr den Vorschlag auf vier Wochen in ein Heim zu fahren. Mutter erzählte uns davon. Sie war bereit, darauf zu verzichten. Ich hatte bis dahin keinerlei Erfahrungen im Haushalt sammeln können. Aber Vater bestand darauf, sie solle nur fahren, das Essen könne auch vom Gasthaus geholt werden. Ja, so stürzte ich kopfüber ins praktische Leben. Ein paar Male holte ich das Essen vom Gasthaus. Aber es schmeckte weder meinem Vater noch mir. So versuchte ich mit Hilfe der

Nachbarinnen einfache Gerichte selbst herzustellen. Es gelang mir überraschend gut. Schwierigkeiten tauchten auf einer anderen Seite auf. Es wurde nicht nur in der Schule gebetet, sondern der Gottesdienst sonntags in der Kirche wurde Pflicht und überprüft. Gleich am ersten Sonntag hatte ich eine heftige Auseinandersetzung und zwar mit Ordner am Kirchentor. Ich wollte etwas früher nach Hause gehen, wegen der Mittagsessenvorbereitung. Man ließ mich nicht hinaus, war keiner Erklärung zugänglich, hielt mich mit Gewalt zurück. Ich riß mich los und vermied fortan Auseinandersetzungen, indem ich nicht mehr in die Kirche ging.

Bald waren die vier Wochen um und Mutter waltete wieder in ihrem Reich. Ich bekam von allen Seiten Lob zu hören, denn auch die Schule schloß ich mit sehr gutem Erfolg ab. Meine Eltern beschlossen mich auch auf vier Wochen wegzuschicken, bevor ich den Ernst des Lebens kennenlerne. Wieder reichten sie bei einer Organisation ein und mir wurden vier Wochen in Tirol bewilligt. Der Ort hieß Achenwald und war an der deutschen Grenze.

Als Hitler 1933 die Macht in Deutschland antrat, war die erste Tat die Grenzen zu schließen. Wer nach Österreich wollte, mußte 1000 Mark zahlen. Dadurch wurde bei uns der Fremdenverkehr lahmgelegt. Die Fremdenverkehrsgebiete wurden über Nacht Notstandsgebiete. Um eine gewisse Linderung zu bewirken, schickte die Regierung Wiener Kinder zur Erholung dorthin und zahlte pro Kind und Tag einen Schilling. Bei einer Gruppe von zehn Kindern war ich dabei. Als Aufsichtspersonen wurden Studenten gewählt. Wir wohnten in einem großen Gasthof an der Grenze. Daneben war als Grenzschutz unser Bundesheer stationiert. Unser Student hatte zwei Gruppen von je zehn Kindern in verschiedenem Alter zu betreuen. Da die Gruppen zwei Stunden auseinander wohnten, bekamen wir von Innsbruck eine Erzieherin zugeteilt. Ich freundete mich mit der Tochter der Wirtin an, half gerne in der Küche aus und bekam heimlich so manchen Leckerbissen zugesteckt. Als die Heuernte eingebracht wurde, war ich auch dabei, mit mir auch Soldaten vom Bundesheer. Unsere Aufgabe war, am Heuboden das Heu festzutreten. Als ich voller Eifer bei der Arbeit war, wurde ich plötzlich von einem Soldaten zu Boden gerissen. Wie ein wildes Tier fiel er über mich her. Ich wehrte mich auch wie ein Tier mit einem kräftigen Biß in seine Nase. Er heulte wie ein Wolf und sprang auf. Ich stand auch auf und bestand darauf, daß er sein ungebührliches Benehmen entschuldige. Zerknirscht stand der große Mann vor mir und stammelte seine Entschuldigung. Großzügig reichte ich ihm meine Hand und verzieh ihm sein schlechtes Benehmen. Das war der Beginn einer Brieffreundschaft mit Gedankenaustausch. Sie ging erst drei Jahre später zu Ende, als er mir seine Hochzeitsanzeige schickte.

Irma, so hieß meine Freundin, erzählte mir, sie hätte eine Einladung für sich und mich für ein Bootsfahrt am Achensee bekommen. Ich solle mir etwas einfallen lassen, daß ich nicht mit der Gruppe auf die Alm gehe, sondern mit ihr. So täuschte ich einen verstauchten Knöchel vor und konnte zu Hause bleiben, mußte aber schwören keinen Schritt aus dem Haus zu gehen. Ich erzählte der Irma das. "Jetzt bin ich zwar daheim, aber durch einen Schwur gebunden." "Auch wo!" sagte Irma. "Du sprachst von gehen. Ich werde veranlassen, daß du im Hausflur mit dem Motorrad abgeholt wirst. Da brauchst du keinen Schritt gehen und hast deinen Schwur gehalten." Mit gutem Gewissen machte ich die Bootsfahrt mit. Es war ein schöner Nachmittag mit einer Kaffeejause als Abschluß. Als wir zurückkamen herrschte helle Aufregung bei der Erzieherin. Sie machte mir Vorwürfe, daß ich den Schwur nicht gehalten habe. Aber mein Gewissen war sauber. Um ganz sicher zu gehen, daß nichts passiert ist, mußte ich beichten gehen. Der Herr Pfarrer sprach eingehend mit mir, aber irgendwelche Sünden sind nicht gemacht worden, und da ich nicht aus dem Haus gegangen bin, sondern gefahren, habe ich sowieso den Schwur gehalten. Drei Vaterunser bekam ich als Buße und mit der heiligen Kommunion war der Fall erledigt.

Aber aus Wien kamen Schreckensnachrichten. Kanzler Dollfuß war umgebracht worden. Wir Kinder wurden aufgefordert, eine Gedenkminute zu halten.

Die vier Wochen vergingen wie im Flug.

Lehrjahre

In Wien angekommen, war ich voller Tatendrang. Ich wollte Verkäuferin werden, hatte ein einmaliges gutes Zeugnis. "Sehr gut", "Sehr gut", "Sehr gut" stand es hintereinander geschrieben. Für mich stand die Welt offen - solange ich das Zeugnis noch niemandem gezeigt habe. Der Erste, der es sah, war der Besitzer eines kleinen Lederwarengeschäftes. Voller Stolz reichte ich ihm das Zeugnis. Dieser überflog es kurz, gab es mir mit verächtlicher Miene zurück und sagte: "Eine Musterschülerin - die taugen nichts, kommt für mich nicht in Frage." Ich konnte diese Reaktion nicht fassen. Kurze Zeit später stellte ich mich bei einer großen Firma vor. Von 40 Mädchen, die sich vorstellten, hatte ich das beste Zeugnis. Ich wurde aufgenommen. Nach vier Wochen wurde ich wegen Untauglichkeit entlassen. Meine Pünktlichkeit war schuld. Ohne zu fragen verließ ich meinen Arbeitsplatz, wenn meine Zeit abgelaufen war. Keiner traute sich das zu tun. Sehr angeschlagen war mein Selbstbewußtsein als ich das Arbeitsamt besuchte. Ich wurde sogar von einer jungen Frau gefragt, was ich hätte, weil ich so traurig war. Als ich ihr mein Leid erzählte, rief sie fröhlich aus: "Gott, was haben Sie für ein Glück, daß man sie nicht behalten hat. Sie hätten nur 'Küß die Hand' sagen gelernt und mit 30 Jahren wären sie zu alt für diesen Beruf." Ein geflügeltes Wort war damals in Wien: "Selten ein Schaden, wo nicht ein Nutzen dabei ist."

Meine Mutter hätte mich zwar durch Protektion unterbringen können, aber sie scheute davor zurück: "Du mit deinem frechen Mundwerkzeug würdest mir nur Schande machen." Also versuchte ich verschiedenes ohne viel Erfolg, sodaß sich die Mutter aufraffte und zu mir sprach: "Trude, wir gehen zur Großmutter. Die ist eine erfahrene Frau, da lassen wir uns beraten." Es war die Stiefmutter von meinem

Vater. Sie hatte zwei Kinder in die Ehe mitgebracht. Damals heiratete man aus Vernunftsgründen. Sie war Witwe nach einem Friseurmeister. Großvater war ein Beamter mit großer Kinderschar, aber sicherem Einkommen, und das war ausschlaggebend. Die Großmutter hörte uns an. Nach kurzem Nachdenken sagte sie: "Ich werde mit meiner Schwiegertochter sprechen und trug uns auf in einer Woche wieder zu kommen."Ja, und dann war es so weit. Voller Erwartung saßen wir eine Woche später vor ihr. "Also, ich habe mit meiner Schwiegertochter gesprochen. Sie hat eine Kleiderwerkstätte und eine Nähschule. Sie würde fallweise ein Lehrmädchen brauchen." Die Nähfräulein zahlen im Monat 100 Schilling Lehrgeld. Auf diesen Betrag würde sie verzichten, wenn ich einen halben Tag für sie arbeite und einen halben Tag kann ich für mich arbeiten. Zu zahlen wäre nur der theoretische Unterricht. Es war eine Handelsschule. Die Ausbildung dauert zwei Jahre und schließt mit der Gesellenprüfung ab. Anschließend war ein Jahr Praxis in verschiedenen Werkstätten vorgeschrieben. Ich überlegte. Mein Weltbild war durch die rauhe Wirklichkeit erschüttert. Was hat mir mein schönes Zeugnis genützt? Untauglich für das Leben? Untauglich, das Wort schmerzte mich, das Wort verfolgte mich, das Wort brachte mich in Wut und ich schwor mir: "Dieser Firma werde ich es zeigen! Bitten müssen sie mich, daß ich zu ihnen komme und dann - ... und dann werde ich ablehnen!"

Das waren meine Gedanken und machten mich gefügig für die kommenden zwei Jahre, die sehr abenteuerlich verliefen. Meine Mutter erzählte den Nachbarinnen, daß ich jetzt ein Nähfräulein sei. Das halbe Lehrmädchen vergaß sie beim Erzählen. So stand ich plötzlich im Ansehen in der Nachbarschaft. Zwei Monate später bat mich eine Nachbarin, ich solle ihr eine Schoß nähen. Ich war zu stolz, um zu sagen "Ich habe keine Ahnung wie das geht", aber löste das

Problem mit Bravour. Statt Berechnung von Einnähern zog ich im Schluß einen Gummi ein. Das war damals neu, aber fand Gefallen. Wenn ich zurückdenke, was für ein Vertrauen die Nachbarschaft mir schenkte, war es ein richtiges Gottvertrauen. Natürlich auch bei mir. Ich konnte ja jederzeit abstürzen. Aber dann kam der Tag, wo ich keine Arbeit mehr übernahm. Durch Vermittlung der Inhaberin der Nähschule bekam ich eine Anstellung als Samstagnachmittagsaushilfe. Für drei Stunden Aushilfe in einem Konfektionsgeschäft bekam ich drei Schilling. Es war ein Schilling in der Stunde. Das war sehr gut bezahlt. Ich nähte nicht mehr für Kunden zu Hause. Da der Nebenerwerb sehr gut lief, mußte ich Angst vor einer Anzeige haben. Erfolg ruft Neid hervor. So stellte ich die Pfuscherei ein (so nennt man bei uns die Arbeit, die man verrichtet, ohne soziale Abgaben), und begnügte mich mit dem Geld von den drei Stunden Aushilfe, die zur Gänze meine Ausgaben deckte. Als Nähfräulein nähte ich aus alten Sachen, die auftrennte, wusch, und neu verarbeitete. Als Lehrmädchen lernte ich einkaufen, zusammenräumen, die fertigen Kleider in der Konfektionswerkstätte zu den Firmen zu bringen. Ein besonderes Talent zeigte ich im Einkassieren der Rechnungen. Nicht nur einmal wurde ich freitags gebeten: "Bitte Trude, bitte, geh mir Einkassieren. Du bist meine letzte Hoffnung. Wenn du mir kein Geld bringst, kann ich keine Löhne zahlen." Ich brachte immer Geld nach Hause. So verliefen die zwei Jahre ruhig dahin, bis im letzten Viertel unverhoffte Schwierigkeiten auf meiner Seite auftauchten.

Und das kam so: Ich ging in einen Tanzkurs. Eines Tages kam ein großer eleganter Herr zum Unterricht. Er beobachtete sorgfältig die Mädchen. Am Ende der Stunde sprach er mich an: "Wenn Sie angezogen sind, kommen Sie zu mir in die Kanzlei. Ich muß mit Ihnen etwas besprechen." Ich beeilte mich und zerbrach mir den Kopf, über was er sprechen wollte. Dann stand ich vor ihm. "Ich habe Sie beobachtet, die ganze Stunde lang. Sie haben ohne Zweifel ein sehr großes Talent. Es wäre schade, wenn es verkümmern würde. Ich biete Ihnen eine kostenlose Ausbildung als Tänzerin an. Dann gehen wir auf Tournee und Sie eilen von Triumph zu Triumph." Das Angebot übertraf meine kühnsten Träume. Ich reihte mich schon zu den berühmtesten Tänzerinnen ein. Der Mann überreichte mir ein Papier: "Das hier wäre der Vertrag. Es fehlt nur mehr die Unterschrift ihrer Eltern." Triumphierend reichte ich meinen Eltern den Vertrag und sagte: "Ich weiß etwas besseres als Schneiderin zu sein. Ich werde mein Glück mit beiden Händen fassen. Ich werde eine berühmte Tänzerin. Dazu brauche ich nur mehr eure Unterschrift." Die Eltern studierten sorgfältig den Vertrag und stießen auf eine Fußangel. Die hieß, sie wären einverstanden mit einer Auslandtournee. Mein Vater sagte: "Da haben wir den Haken. In dem selben Moment, wo du die Grenzen überschreitest, bis du der Willkür des Leiters der Tanzgruppe ausgesetzt. Kein Mensch hilft dir im Ausland. Was machst du dann, wenn das ein Mädchenhändler ist und du wirst verkauft. Immer wieder verschwinden junge Mädchen, man weiß nicht wohin." Das machte mich sehr nachdenklich und ich überwand meine Abenteuerlust, machte die Nähschule fertig und bestand mit gutem Erfolg die Gesellenprüfung. Das erste, was meine Mutter zu mir sagte: "Jetzt hast du eine Berufsausbildung und kannst für die Lebenskosten aufkommen. Ich bekomme 20 Schillinge in der Woche von dir."

Arbeitssuche

Das erste Vorstellungsgespräch. Die Chefin sagte: "Wo haben Sie gelernt?" Ich sagte: "In der Nähschule." Sie entgegnete: "Das ich nicht lache. Heute einen Stich und morgen einen Stich. Was denken Sie von mir? Ich bin kein Wohltätigkeitsverein. So was kommt für mich nicht in Frage." Das Gespräch war für die Chefin zu Ende. Beim zweiten Vorstellungsgespräch erwähnte ich die Nähschule nicht mehr, sondern gab den Firmennamen an, wo ich die Samstagaushilfe hatte. Es wurde nicht überprüft, und da ich Essen mit hatte, konnte ich gleich anfangen zu arbeiten. Abends zahlte man mich aus, mit der Begründung: "Wir werden Sie verständigen, wenn wir Sie brachen werden." Eine andere Firma zahlte mich am Abend aus und sagte: "Melden Sie sich im Herbst wieder." Als ich dann tatsächlich kam, fragten sie mich, ob ich etwas Schriftliches von ihnen in Händen hätte. Ich mußte verneinen. So hieß es dann: "Na also." Ich hatte in der Nähschule auf einer Nähmaschine mit Fußantrieb gelernt. Jetzt, in der Praxis, stand ich elektrischen Nähmaschinen gegenüber. Das war natürlich mit Anfangsschwierigkeiten verbunden. Aber Ende des Jahres hatte ich eine Gewandtheit entwickelt, da ich in den verschiedensten Sparten gearbeitet habe. Ich verdiente auch mehr als der Kollektivvertrag vorschrieb.

Ich war in ungefähr 20 verschiedenen Werkstätten. Am längsten arbeitete ich einer Firma, die Ballonseidenmäntel herstellte. Dort war ich drei Wochen. Aber sonst waren es nur Tage, solange, bis ein Auftrag erfüllt war.

Was ist Eintopf?

Im März 1938 arbeitete ich in einer Exportfirma. Dort wurde feine Konfektion erzeugt. Am Freitag nachmittag, als ich meinen Wochenlohn ausbezahlt bekam, ging ich zu Fuß von der Inneren Stadt in den äußeren Bezirk, wo ich wohnte. Ich habe noch nie so viel Polizei auf der Straße gesehen. Irgend etwas Böses schien auf uns zuzukommen. Als ich im Wohnhaus angekommen war, standen die Hausparteien am Gang und sprachen erregt miteinander. Man war nicht sicher, was kommt, wer kommt und probierte die verschiedensten Grußformeln aus: "Rotfront!" Mit geballter Faust ordnete sich man den Kommunisten zu. "Heil Hitler!" mit vorgestreckten Arm den Nationalsozialisten. Die beiden Grußformeln wurden geübt. Die Gruppe löste sich dann auf, und nachdenklich ging jeder in seine Wohnung.

Der Rundfunk steckte damals noch in den Anfängen. Geschickte Bastler bastelten sich ein Gerät und hörten schwarz. Ein Nachbar berichtete uns am nächsten Tag: Bundeskanzler Schuschnigg habe abgedankt. Seine letzten Worte waren: "Gott schütze Österreich!" Deutsche Truppen hatten die österreichische Grenze überschritten und waren in Richtung Wien marschiert. Man rechnete, daß die Spitze um die Mittagszeit Wien erreichen werde. Zwischen den Nachrichten wurde Militärmusik gesendet. An diesem Tag haben wir frühzeitig Mittag gegessen. Dann ist Vater "schauen" gegangen. Mutter und ich waren am Weg zu einer Bekannten. Von ihrem Zimmerfenster hofften wir bequem auf die Straße schauen zu können. Alles was Beine hatte, war auf der Straße. Arbeitsdienstmänner sorgten für Ordnung. Das hieß, sie bildeten eine Kette, damit die Fahrbahn für das einziehende Militär frei bleibt. Noch war es nicht so weit. Die Passanten überschütteten die Arbeitsdienstmänner mit Fragen. Beim Vorbeigehen hörte ich: "Was macht's ihr?" Ich blieb stehen, die Antwort interessierte mich. Ich hörte, wie der Arbeitsdienstmann als Antwort sagte: "Es sind nützliche Arbeiten für die Allgemeinheit. Wir wohnen in Baracken, bekommen die Uniform und ein kleines Taschengeld." Ein Passant meinte: "Habt ihr jeden Tag Fleisch? Das hätten wir gerne, das haben wir nicht. Das Essen ist aber nicht schlecht, es ist ein Eintopf. Was ist Eintopf?" Die Zuhörer hatten das Wort noch nie gehört. Geduldig erklärte der Arbeitsdienstmann die Machart des Gerichtes. Das erste, was wir machten, als wir in die Wohnung der bekannten Frau kamen, war, vom Zimmerfenster aus gleich auf die Straße zu schauen. Die Sicht war sehr gut. Wir schoben uns Sesseln zum Fenster und konnten nun bequem auf die kommenden Ereignisse warten.

Dann war es soweit. Deutsches Militär zog an uns vorbei. Da wir allein waren, konnten wir ungehindert weinen. In der Öffentlichkeit hätten wir "Heil Hitler!" schreien müssen. Wir weinten um den Verlust unserer Heimat. Hitler bedeutete Krieg. Es geht um die Weltherrschaft. "Heute gehört uns Deutschland, morgen die ganze Welt." Das war ein Teil von einem Lied, das die Deutschen uns in die Ohren sangen.

Sonntag vormittags besuchte ich das kunsthistorische Museum. Der Eintritt war frei. Ich kam mit einem deutschen Soldaten ins Gespräch. Er wunderte sich, welche Kostbarkeiten im Museum ausgestellt waren: "Bei uns stellt man Tonscherben in die Vitrinen, aber kein Goldgeschirr." "Sie sollen doch eine rege Bautätigkeit entwickelt haben" - so sprach ich den deutschen Soldaten an. "Ja, ja", war seine Antwort. "Bei Tag baut man, in der Nacht bricht alles zusammen." Ich konnte mir nicht vorstellen, daß der Mann ein Anhänger von Hitler war.

Das kunsthistorische Museum war in Zukunft nicht mehr frei zugänglich. Lastwagenweise wurden die Schätze „in Sicherheit" gebracht. Damit fing die Zeit an, wo man Menschen und Dinge in Sicherheit brachte. Montags, als ich in die Werkstätte kam, machte die Chefin uns Arbeiterinnen den Vorschlag, gemeinsam am Heldenplatz zu gehen. Sie bezahlte uns den normalen Stundenlohn dafür. Wir hatten nichts dagegen. Die Chefin war eine begeisterte Hitler-Anhängerin. Bis zum Heldenplatz kamen wir aber nicht. Auf der Ringstraße waren Ordner und unsere Gruppe wurde zum Spalierstehen eingeteilt. Die Parade des deutschen Militärs lief eindrucksvoll ab. Ein Schauspiel hätte nicht eindrucksvoller inszeniert werden können. Hitler ein Heiliger! Hitler ein Wohltäter! Unter der Hand sprach man von 600.000 Arbeitslosen. Ein Großteil der Arbeitswilligen Bevölkerung war nirgends mehr angemeldet. Es hieß, alle sollen zum Arbeitsamt kommen, jeder bekommt Arbeitslosen-Unterstützung. "Ein Volk! Ein Reich! Ein Führer!", dröhnte es in den Ohren der Leute. Drei Wochen später rollten die ersten Züge mit Arbeitslosen in die Rüstungsindustrie nach Deutschland. Ein Bekannter von uns, der auch in einem solchen Zug war, kam nie ans Ziel an. Er verwechselte die Klotür des Zuges mit der Eingangstür und fiel aus dem Zug. Er war sofort tot. Das war der offizielle Bericht über seinen Tod.

Meine Chefin hatte keine Arbeit für uns, und mußte uns Arbeiterinnen entlassen. "Sobald ich wieder einen Auftrag habe, verständige ich euch", versprach sie uns. Ich ging zum Arbeitsamt und bat um eine Vermittlung. Der Beamte kannte mich schon. Er wußte, daß ich nicht eher weggehen würde, bevor ich eine Zuweisung bekam. So fragte er mich, ob ich es als Büglerin probieren wolle. Ich war einverstanden.

"Sie haben eine Woche Probezeit. Es sind vier Blusen in der Stunde zu bügeln", sagte mir die neue Chefin. Ich konnte das Ziel erreichen und hatte für ein paar Wochen eine gut bezahlte Arbeit. Die Chefin war eine Jüdin. Einmal spottete sie: "Diese Zeitungsschmierer im Ausland berichten, daß man in Wien in Judenblut watet, was nicht wahr ist. Uns geschieht doch nichts. Da sieht man, wie glaubwürdig die Zeitungen sind." Kurze Zeit später hatte sie keine Arbeit. Sie mußte die Arbeiterinnen entlassen. Ich bekam ein schönes Zeugnis. Es wurde hervorgehoben, daß ich für alles verwendbar bin.

Aufstieg zum Mannequin

Diesmal machte mir der Beamte am Arbeitsamt den Vorschlag, es als Mannequin zu versuchen. "Warum nicht", dachte ich. Er sandte mich zu einem eleganten jüdisches Wäschegeschäft, das die Unterwäsche selbst erzeugte und verkaufte. Der Besitzer war noch da, aber ein kommissarischer Verwalter war über ihn eingesetzt. Diesem mußte ich mich vorstellen. Er studierte mein letztes Zeugnis, dann überreichte er es mir mit folgenden Worten: "Ich lese hier, Sie sind für alles verwendbar. Tatsächlich?" Ich reagierte nicht auf diese Frage und wurde probeweise aufgenommen. Neue Wäscheschnitte wurden an meinen Körper ausprobiert, bevor ein Model in Serie ging. Kam ein Kunde, der eine größere Stückanzahl an Nachthemden kaufen wollte, mußte ich ihm sie vorführen. Es waren Nachthemden elegant wie Abendkleider.

In einer Mittagspause kam ich mit dem Geschäftsdiener ins Gespräch. Wir waren allein im Raum als er sagte: "Die Menschen jubeln dem Hitler zu ohne zu wissen, was er bedeutet. Das ist eine Verbrecherorganisation." Erschrocken fragte ich: "Wie können Sie so etwas sagen?" Die Antwort war ganz schlicht: "Weil ich dabei bin." Ich fragte weiter: "Wie fing das an?" Der Geschäftsdiener entgegnete mir: "Ich war arbeitslos, war schon ausgesteuert, bekam von keiner Seite Geld, hatte Hunger. Ich wurde von einem Mann angesprochen, ob ich Zetteln mit politischen Parolen austeilen wolle. Dafür würde ich auch eine warme Mahlzeit bekommen. Ich wußte, daß politische Zetteln verboten waren, aber ich hatte Hunger. Da teilte ich die Zetteln aus und konnte mich nach langer Zeit wieder einmal satt essen. Ein paar Male machte ich das. Dann bekam ich ein Päckchen in die Hand gedrückt und den Auftrag, es in eine Telefonzelle zu legen. Es wird abgeholt. Es explodierte. Ich wollte nicht mehr mitmachen. Aber man drohte mir mich anzuzeigen, daß ich ein Terrorist bin. Kein Mensch wird mir glauben, daß ich nichts von dem Inhalt wußte. So bin ich dabei geblieben." Ich war erschüttert über dieses Geständnis, wußte aber für ihn keinen Rat.

Ich wurde von der Direktrice gefragt, ob ich eine Werkstätte wüßte, die Blusen nähen. "Ja, ich weiß eine. Da arbeitet meine frühere Chefin, aber sie ist Jüdin." Die Direktrice antwortete: "Das macht nichts. Wir besorgen ihr eine Arbeitsbewilligung." Ich war freudig erregt über diese Möglichkeit. Gleich nach Geschäftsschluß besuchte ich sie. Ich mußte lange und laut an ihrer Wohnungstür klopfen bis aufgemacht wurde. Aber das war nicht meine Chefin, eine mir völlig fremde Frau stand vor mir. Auf meine Frage nach der Frau "N" verwies sie mich in den Hinterhoftrakt des Hauses. Dort fand ich sie. Die Chefin war völlig verändert. Man hatte ihr die Wohnung samt Inhalt genommen. Sie lebte nun mit drei jüdischen Familien zusammengepfercht. "Ich habe nichts mehr, kann keine Arbeit übernehmen. Aber meine Freundin hat noch eine Nähmaschine. Bitte gehen Sie zur ihr, ich lasse sie schön grüßen." Wahrlich eine Verbrecherorganisation, geht es mir durch den Kopf. Bei der Freundin angekommen, sagte die Frau zu mir: "Sie schickt uns Gott. Wir hätten jetzt die Nähmaschine verkaufen müssen, um zu überleben." Ich sah mich in der Wohnung um. Es war nichts mehr da. Alles war schon zu Geld gemacht worden. Ich sagte der Frau die Adresse der Firma. Gleich am nächsten Tag stellte sie sich vor und bekam eine Probearbeit, die zur vollsten Zufriedenheit ausfiel. Die Firma reichte um eine Arbeitserlaubnis ein. Sie wurde gewährt und die Frau hatte nun wieder ein regelrechtes Einkommen.

Ich ließ mir von ihr ein Unterkleid nähen. Als ich es abholen wollte, war es noch nicht fertig. Ein Mann hielt es in der Hand und sagte zu mir, daß nur noch ein paar Stiche fehlten, die er mir gleich machen wolle. Erstaunt sah ich, wie der Mann mit flinken Fingern die letzten Stiche machte. Ich sprach ihn an: "Sie können als Mann nähen?" Er sagte: "Ja. Ich gebe Ihnen einen guten Rat: Bilden Sie Ihre Hände aus und ihren Geist. In schlechten Zeiten braucht man die Hände, in guten Zeiten den Geist. Sie sehen es bei mir. Meine Frau allein könnte die Arbeit nicht bewältigen. So arbeiten wir zusammen und werden, so Gott will, überleben. Wenn Hitler sagt, daß die Arbeit die Gelddeckung ist, wären wir alle mit ihm gegangen. Aber wir können uns nicht umbringen lassen. Amerika wird uns helfen." Ich sagte dem Mann, daß ich mit dem Geschehen rund um mich nicht einverstanden bin, was ihnen heute passiert, könne mir morgen geschehen. "Ja, es ist schon sehr bitter für uns auf der Straße mit dem Judenstern markiert zu sein. Vor ein paar Tagen stellte sich ein ungefähr sechsjähriger Bub vor mich hin und sagte: 'Saujud!', und spuckte vor mir hin. Wissen Sie, wie das schmerzt?"

Stiefel-'Kauf' mit dem Revolver

Ein paar Tage später hörte ich von einem Hitlerjungen dessen Stiefel bewundert wurden, folgende Geschichte: Auf meine Frage, was sie gekostet hätten, sagte er: "Gar nichts! Ich ging in ein jüdisches Schuhgeschäft und suchte mir die Stiefel aus. Als der Besitzer Geld von mir wollte, hielt ich ihm den Revolver vor die Nase und sagte: 'Geld willst du haben, Saujud, sei froh, daß ich dich nicht erschieße!' Der Jude war sichtlich froh, als ich das Geschäft verlassen habe." Der Hitlerjunge war vielleicht 14 Jahre.

Es regierte die Angst. Wenn man auch kein Jude war, so wußte man nicht, wie es weitergehen sollte. Ein falsches Wort und man verschwand. Zu dieser Zeit machte ein Spruch die Runde: "Lieber Gott mach mich fromm, daß ich nicht nach Dachau komm." Dachau war ein Konzentrationslager, das wußte man.

Auch wurde ein Witz erzählt: "Zwei Juden treffen sich. Sagt der eine zum anderen: 'Hast Du gehört, der Kohn hat sich erschossen.' 'Wenn er sich's verbessert hat, warum also nicht', war die Antwort des anderen."

Die Arbeit als Mannequin war sehr anstrengend, da ich stundenlang zur Anprobe stehen mußte. Dann bekam ich mein erstes Geld und sah, daß ich als Hilfsarbeiterin gemeldet war, statt als Angestellte, wie es für diese Arbeit üblich war. Ich ging gleich zum kommissarischen Verwalter und beschwerte mich. Dieser ließ durchblicken, daß er eventuell geneigt wäre, diese Anmeldung zu korrigieren. In meiner Freude sprach ich mit einer Geschäftskollegin darüber. Kurze Zeit später wurde ich zum kommissarischen Verwalter gerufen. Er sagte zu mir: "Es tut mir leid, ich kann für Sie nichts tun. Durch Ihre Schwatzsucht müßte ich all die anderen auch ummelden. Es ist ein richtiger Aufruhr entstanden. Merken Sie sich das in Zukunft und erzählen Sie nichts. Nachdem mein Traum als Angestellte gemeldet zu sein, sich in Nichts auflöste, kündigte ich und versuchte mich anderswo. Ich arbeitete kurze Zeit in einer Werkstätte. Es wurde tschechisch gesprochen. Die Menschen waren dort lieb und hilfreich. Ich war aber nur als Aushilfe beschäftigt.

Meine Mutter machte mich auf eine Ferienaktion aufmerksam, die junge Menschen zu stark verbilligten Preisen vier Wochen Urlaub vermittelte. Ich reichte ein und bekam eine Zuschrift, daß ich aufgenommen wurde.

Es folgten vier Wochen ungetrübter Freude. Ich zog Bilanz über mein bisheriges Leben. Ich hatte einen Beruf erlernt, die Abschlußprüfung bestanden und ein Jahr Praxis in verschiedenen Werkstätten hinter mich gebracht. Ich war mit mir zufrieden. Mein nächstes Ziel: Ich wollte kaufmännische Angestellte sein. Aber zuerst nützte ich meine vier Wochen Urlaub.

Die Mädchen im Heim waren zwischen 14 und 18 Jahren. Sie hatten oft schon Erfahrungen mit der Liebe, berichteten davon und hatten dankbare Zuhörerinnen. Eines Tages hörte ich etwas, was mich sehr betroffen machte. Zwei Mädchen erzählten sich von ihren Freunden. Ich hörte andächtig zu. Dann tauschten die beiden Bilder von ihnen aus. Plötzlich hörte ich etwas, was nicht möglich sein konnte, aber die bittere Wahrheit war. Als noch die Adressen von den Männern ausgetauscht wurden, war kein Zweifel mehr: Beide hatten denselben Freund. Beiden hatte der Mann Gefühle vorgetäuscht. Ich entfernte mich rasch. Ich wollte nicht wissen wie es weiterging. In meinem Inneren war ich über solche Falschheit zutiefst erschüttert.

Der Urlaub war zu Ende. Wieder ging ich zum Arbeitsamt. In einem Konfektionsgeschäft wurde eine Verkäuferin gesucht, die auch kleine Reparaturen machen kann. Das Umfeld war mir bekannt. Ich nannte die Firma, wo ich als Aushilfe gewesen war und wurde als Angestellte aufgenommen. Doch wieder redete ich zuviel, und als die Verkäuferinnen von mir erfuhren, daß ich gelernte Schneiderin bin, bestanden sie darauf, daß ich als Arbeiterin gemeldet werde. Ich ging zur deutschen Arbeitsfront und erzählte dort meinen Fall.

Nun hatte sich nach dem Anschluß an Deutschland verschiedenes geändert. Man sagte mir, ich muß gemeldet bleiben, als was ich aufgenommen wurde - unabhängig davon, was ich gelernt habe. Schaltet die Firma darauf auf stur, so wird es für mich wesentlich leichter sein, einen Posten zu finden als für die Firma eine neue Kraft. In der Firma berichtete ich wortwörtlich von dieser Auskunft: Ich blieb als Angestellte gemeldet. Ich erhielt auch einen Dreimonatsvertrag für Oktober bis Dezember. In dieser Zeit entstanden mir keine weiteren Schwierigkeiten. Ich lebte mich recht gut ein. Das Geschäft war in der Nähe von meinem Wohnort, so konnte ich zu Mittag nach Hause essen gehen.

Meine Kollegin, mit der ich gemeinsam die anfallenden Reparaturen erledigte, bekam jeden Tag von ihrer Mutter das Mittagessen ins Geschäft gebracht. Mir fiel auf, daß ihre Mutter für ihre Mühe wenig Dank erntete. Als die Kollegin wieder einmal ihre Mutter schlecht behandelte, stellte ich sie zur Rede: "Du hast eine so liebe Mutter, die dir jeden Tag das Essen bringt. Ich muß mich in der Mittagszeit abhetzen, du kannst in Ruhe essen. Du tust nicht Recht, wenn du sie so schlecht behandelst." "Du hast ja keine Ahnung, was mir meine Mutter angetan hat", bekam ich zur Antwort. "Hör zu, ich erzähle dir das. Dann erst verurteile mich!" Ich konnte mir nicht vorstellen, was so Schreckliches gewesen sein sollte, war aber bereit, mir ihre Geschichte anzuhören. "Ich war 16 Jahre", so fing sie an, "da verliebte ich mich in einen zwei Jahre älteren Burschen. Es war die große Liebe. Meine Eltern hatten nichts dagegen. Mein Freund konnte ins Elternhaus kommen. Er war ein gern gesehener Gast. Unsere Liebe war rein und voller Zärtlichkeit. Eines Tages, mein Freund wollte gerade nach Hause gehen, setzte ein fürchterliches Unwetter ein. Meine Mutter sagte zu meinem Vater: 'Du, bei diesem Wetter können wir den Freund unserer Tochter nicht hinaus jagen. Er könnte bei uns im Gästezimmer übernachten.' Der Vater war einverstanden. Aber seit dieser Übernachtung war mein Freund nicht mehr derselbe. Er wirkte geistesabwesend und seelisch gestört. Ganz langsam kam die Wahrheit nach wiederholtem Fragen bei meinem Freund heraus. Die Übernachtung bei uns war für ihn ein Schockerlebnis. Er wurde von meiner Mutter im Schlaf überfallen und zum Sex verführt. Ich stellte meine Mutter über ihr Verhalten zur Rede. 'Du mußt mir dankbar sein. Ich habe mich für dich geopfert. Es war ein großes Opfer. Nur daß du deine Unschuld bewahren kannst, habe ich es gemacht!' - Und jetzt urteile über mich!"

Mit diesem Satz beendete meine Kollegin ihren Bericht. Ich konnte nur sagen: "Ich verstehe dich" - mehr nicht.

In dem Jahr Praxis erfuhr ich auch die rauhe Wirklichkeit über die Beziehungen der Geschlechter. Die Arbeiterinnen hatten keine Scheu darüber zu sprechen. Sie warnten mich, nicht so dumm zu sein, wie sie es gewesen waren. Mein Vater hat mir von Haus aus seine zwei ledigen Schwestern als Vorbild gegeben: "Wenn du einen Beruf hast, bist du jemand. Wenn du heiratest, bist du ein Dienstmädchen", so sagte er wiederholt zu mir. Meine Mutter wieder meinte: "Laß dir Zeit. Zu diesem Glück kommst du immer noch zurecht."

Ich handelte getreu einer Anweisung einer Lehrerin meiner Schule. Sie sagte: "Bevor man wichtige Schritte im Leben macht, muß man sich zuerst erkundigen, welche Möglichkeiten gegeben sind." So erforschte ich auf eigene Faust das unbekannte Land, das man Leben nennt.

Aktzeichnen und Gesellschaftstanz

Ich hatte Talent zum Zeichnen. Dieses pflegte ich auch nach dem Schulbesuch zu üben. Ich ging in die Volkshochschule um dort Portraitzeichnen zu lernen. Schon in der ersten Stunde erfuhr ich etwas ganz Merkwürdiges. Der Herr Professor erklärte mir die Struktur des Kopfes und dann sagte er: "Wenn man nicht fähig ist, sich in die andere Person hineinzudenken, zeichnet man sich immer selbst." Ich solle mir nur die gezeichneten Köpfe anschauen. Nur ganz wenige haben Ähnlichkeit mit dem Model. Tatsächlich war es so, als ich mich umsah. Ich ging auch Aktzeichnen. Der erste Akt war ein Mann. Ich zeichnete ihn von allen Seiten. Als Mutter zu Hause dann mein Werk betrachtete, sagte sie mehr zu sich: "Ich habe deinen Vater nie nackt gesehen."

Auch Gesellschaftstanzen ging ich. Ich stürzte mich gleich in die Perfektionsstunden. Ich hatte viele Tänzer und jeder rechnete sich zur Ehre, mir die Tanzschritte beizubringen. Nur einmal klappte es nicht. Dadurch, daß ich keinen Tanz ausließ, erweckte es den Anschein, ich sei eine gute Tänzerin. Ein Anfänger holte mich zum Tanz. Er erhoffte sich von mir einen Unterricht, aber es klappte nicht. Wollte er nach rechts, zerrte ich nach links. Wollte er vorwärts, drängte ich nach rückwärts. Erschöpft blieb er stehen und murmelte vor sich hin. „Ich versteh nicht, wie sowas so viele Tänzer haben kann." Er entfernte sich von mir. Kaum war ich allein, kam ein Tänzer, bat mich zum Tanz. Leichtfüßig tanzten wir an den anderen vorbei. Ein Wunder war geschehen.

Mein Arbeitsvertrag lief aus. Ich war als Angestellte gemeldet gewesen. Die Zukunft schien mir sicher. Es ist nur das erste Mal schwierig, wenn man die Richtung wechseln will. Am Arbeitsamt wurde eine Vertreterin gesucht. Ich war bereit es zu versuchen. Die Firma schulte mich ein. Um Erfolg zu haben muß man ein fröhliches Gesicht besitzen. Mir wurde erklärt, man könne auch das lernen.

Es war eine Neuheit auf dem Markt, die ich vertrat - auswechselbare Preisschilder. Die Preisschilder brauchte man nicht mehr mühselig mit der Hand schreiben. Ich bekam eine Netzkarte für die Straßenbahn bezahlt und erhielt eine Erfolgsprämie, wenn ich einen Auftrag brachte. Ich war sehr erfolgreich, brachte viele Aufträge und wurde wie eine Familienangehörige behandelt. Ich erhielt so manchen guten Rat, den ich mir merkte. So zB: "Sollten Sie einmal heiraten, so schlafen Sie nie neben Ihrem Mann. Haben Sie nur Zimmer und Küche, dann schlafen Sie in der Küche. Wenn Sie das nicht machen, verlieren Sie zu rasch die Illusionen."

Ich war jetzt 19 Jahre. Meine Schulkolleginnen waren schon verheiratet und hatten Kinder. Ich war noch solo. Meine Mutter predigte mir immer: "Laß dir Zeit, du versäumst nichts. Wenn ein Mann dich liebt, so wird er warten bis die Zeit reif ist." Ich hatte damals einen Seelenfreund für Gedankenaustausch. Das war sehr nützlich für beide Seiten, denn so lernte man die Gedanken von der anderen Seite kennen.

Der Anschluß an Deutschland veränderte die Beziehungen der Geschlechter. Die deutschen Brüder gingen gleich zum Angriff über. Bei einer Tanzveranstaltung lernte ich einen solchen kennen. Ich bekam gleich einen Heiratsantrag. Dieser Mann wollte eine Wienerin zur Frau. Ich entsprach genau seinen Vorstellungen. Auf meinen Einwand, daß ich ihm doch gar nicht kenne, legte er mir seine Dokumente vor, auch den Ariernachweis. Ich war so verblüfft darüber, daß ich bat, mir doch Zeit zu gönnen, denn bei uns in Wien kennt man ein solches Tempo nicht. Ein anderes Mal lernte ich in einem Kaffeehaus einen Mann kennen, der sich als 100 %iger Nationalsozialist vorstellte. Auf meine Frage, was das bedeutet, antwortete er: "Auf einen einfachen Nenner gebracht, heißt es, daß Leben genießen. Da werden Sie ja viele Anhänger bekommen", sagte ich ihm. "Ja, aber zum Leben genießen sind nur wenige Auserwählte. Das Volk muß Opfer bringen und wieder Opfer bringen!"

Am Heimweg wollte er sich mir nähern, aber ich erklärte ihm, daß ich zur deutschen Jugend gehöre. Der Führer spricht: "Die deutsche Jugend muß hart wie Kruppstahl, zäh wie Leder und flink wie ein Windhund sein! Heil Hitler!" Ich ging fort von ihm. Einmal drehte ich mich um und sah wie er mir entgeistert nachschaute.

Mit einem SS-Mann hatte ich ein bemerkenswerteres Erlebnis. Es war ein großer, gutgebauter Mann. Ich habe seine Einladung angenommen. Schon wenig später reute es mich, als ich hörte, wie er die Bestellung aufgab. "Alte Ziege", sagte er zur Kellnerin. Bei einem Glas Wein fragte er mich, ob ich einen Freund hätte. Ich bejahte, da ich an meinen Seelenfreund dachte. "Da weißt du ja was Liebe ist. Ja, ich kenne die platonische Liebe." Angestrengt dachte der Mann nach, was das für eine neue Stellung sein könnte. Er tat mir leid, so half ich ihm. "Das ist Liebe auf drei Schritte Entfernung." Das hätte ich nicht sagen sollen. Der Mann brüllte auf vor Schmerz. "Da komme ich in die Ostmark und lerne eine Jungfrau kennen. So ein Pech." Das Publikum betrachtete mich voller Interesse. Der Anschluß an Deutschland und eine Jungfrau zu sehen, das glich einem Wunder. Ich flüchtete in den Waschraum. Ein Fräulein ging mir nach und sprach mich an: "Ich habe gehört, Sie sind noch eine Jungfrau. Wollen Sie es bleiben?" "Sicher", war meine Antwort. "Dann bitte ich Sie: Stellen Sie mich diesem Mann als Ihre Freundin vor. Der Mann hat meine Kragenweite." Ich war erstaunt über die Formulierung. Aber ich sagte zu und bekam aus Dankbarkeit ein Päckchen Dragees.

Als Vertreterin war ich jeden Tag fünf Stunden bei jedem Wetter unterwegs. Die großspurigen Versprechungen der Firma lösten sich bei näheren Betrachtungen in Nichts auf. Tatsächlich war ich den Strapazen auf die Dauer nicht gewachsen. Ich bekam Schmerzen im Brustkorb. Als ich zum Arzt ging, stellte er eine Lungen- und Rippenfellentzündung fest. Er schrieb mich sofort in den Krankenstand. Ich meldete es der Firma. Man wollte Name und Adresse des behandelnden Arztes wissen. Sie forschten bei dem Arzt nach was ich habe. Dieser aber berief sich auf seine Schweigepflicht. Vier Wochen vergingen und ich war noch immer im Krankenstand. Die Firma wurde nervös. Sie rief die Zentrale an und machte einen Wirbel: "Vier Wochen Krankenstand und keine Behandlung. Das ist nicht richtig." Vor dem Anschluß an Deutschland mußte man zwei Jahre pflichtversichert sein, erst dann kam man in den Genuß von Behandlungen. Bei mir waren es keine zwei Jahre. Ob hier Änderungen stattgefunden hatten, wußte ich nicht. Jedenfalls nützte mir der Wirbel. Ich bekam sechs Wochen Landaufenthalt in einer Lungenheilstätte verordnet. Als sie um waren, wurde der Aufenthalt auf vier Wochen verlängert. Ich rechnete mit der Kündigung meiner Firma. Rund um mich herum bekamen die Patienten Kündigungsschreiben. Nach sechs Wochen Krankheit war das den Firmen möglich. Ich aber erhielt keine Kündigung von meiner Firma. Im ganzen war ich vier Monate von zu Hause fort. Bei der Abschlußuntersuchung übergab mir der Arzt ein Schreiben für meine Firma, daß es für mich besser wäre, einen anderen Beruf auszuüben, da die Gefahr bestand, daß die Krankheit wieder aufflackert.

Die vier Monate waren ausgefüllt mit Liegekuren und einer Art von gesellschaftlichem Leben. Männer und Frauen saßen gemeinsam im Speisesaal und im Gesellschaftsraum. Nur die Schlafräume waren getrennt. Spaziergänge konnte man auch gemeinsam machen. Meine Mutter predigte mir immer: "Nicht das Aussehen eines Menschen ist maßgebend, sondern seine inneren Werte." So schreckte ich nicht zurück, als ich in der Heilanstalt einen Herren kennenlernte mit einem halben Gesicht. Er war ein gräßlicher Anblick, aber er hatte eine wohlklingende Stimme. Nach und nach erzählte er mir aus seinem Leben. Ich hörte geduldig zu. Der Mann schien erleichtert zu sein, daß er sich aussprechen kann. Durch die Gespräche erfuhr ich viel Neues. Er war weit gereist und konnte gut erzählen. Eines Tages sprach er meine Jugend an. Es wäre doch jammerschade, wenn ich mir durch Nichtwissen meine ganze Zukunft zerstören würde. Wenn ich wolle, borgt er mir ein Buch zur Aufklärung. So bekam ich ein Skandalbuch zu lesen. Die Geschichte einer Wiener Dirne. Dann sah ich ihn nicht mehr im Gesellschaftsraum und erfuhr, daß er gestorben war.

Am letzten Augusttag, es war an einem Samstag, fuhr ich zeitig in der Früh von der Heilanstalt nach Hause. Meine Mutter musterte mich von Kopf bis Fuß und stellte fest, daß meine Schuhe nicht mehr in Ordnung seien. Sie sagte zu mir: "Komm, wir gehen Schuhe kaufen." Ich entgegnete: "Warum so eilig? Das hat doch bis Montag Zeit." Montag bekam ich keine Schuhe mehr.

Beruflicher Erfolg und Kriegsausbruch

Am 1. September 1939 brach der 2. Weltkrieg aus. Mit einem Schlag war alles rationiert. Für alles bekamen wir Marken, die den Verbrauch des Einzelnen regelten. Als ich mit dem Schreiben des Arztes zu meiner Firma kam, war man sehr enttäuscht, daß ich meinen Beruf nicht mehr ausüben konnte. Man bedauerte und schrieb mir ein gutes Zeugnis. Am Arbeitsamt hörte ich eine Frau zu der Beamtin sagen: "Das war so ein schönes Geschäft, aber leider hat man mich nicht aufgenommen, weil ich nicht vom Fach bin." Ich sprach die Beamtin an: "Bitte, schicken Sie mich hin." Sie entgegnete: "Sie sind ja auch nicht vom Fach." Ich bestand darauf: "Es ist ein Wäschegeschäft, das eine Verkäuferin sucht. Lassen Sie mich nur hingehen, bitte!" Die Beamtin schrieb mir den Schein, und ich stellte mich bei der Firma vor. Die Chefin, eine ältere Frau, sagte zu mir: "Fräulein, das ist ein Dauerposten." Ich sah das nette kleine Wäschegeschäft vor mir. Aber auf die Dauer hier zu sein, darüber erschrak ich. Verlegen stotterte ich: "Ich bin ja nicht vom Fach!" Da mischte sich nun der Chef ins Gespräch: "Was heißt 'Fach'. Sie haben uns die Preistafeln verkauft, Sie können verkaufen. Wenn man dies verkaufen kann, kann man alles verkaufen." Somit wurde ich aufgenommen. Die Beamtin wunderte sich: "Sie sind ja auch nicht vom Fach und Sie nimmt man auf!"

Ich lernte die Waren rasch kennen und verkaufte gerne. Ja, man war mit mir sehr zufrieden. Eines Tages, ich traute meinen Augen nicht, kam das ehemalige Lehrmädchen von der Firma, die mich wegen Untauglichkeit entlassen hat, in das Geschäft. Es stellte sich heraus, daß sie eine Stammkundin dieses Wäschegeschäftes war. Sie arbeitete noch immer in alten Firma und war jetzt die erste Verkäuferin dort. Ich freute mich im stillen, daß ich trotz Untauglichkeit

48

eine gute Verkäuferin geworden bin. Ein paar Tage später wurde ich nach Geschäftsschluß vom Geschäftsführer und der ersten Verkäuferin von der ehemaligen Firma abgeholt. Der Geschäftsführer sprach mich an: "Ich muß zugeben, daß ich mich bei Ihnen mit meiner Beurteilung geirrt habe. Hätten Sie nicht Lust zurückzukommen?" Mein Herz hüpfte vor Freude und ich sprach: "Ich bin noch immer pünktlich im Fortgehen. Lassen wir es wie es ist. Ich danke Ihnen." Enttäuscht verließen mich die beiden. Die Untauglichkeit, die mir damals bescheinigt wurde, war für mich tatsächlich zum Glück geworden. Es spornte mich an und verschaffte mir die Genugtuung, die ich mir erträumte.

Die Tage im Wäschegeschäft liefen friedlich dahin. Alle vier Wochen kam ein Auslagengestalter. Die Ware im Schaufenster wurde ausgewechselt und ich half dem Mann durch Handreichungen. Die Chefin sprach mich an: "Schauen Sie den Mann auf die Finger. Eines Tages können Sie dann selbständig die Auslage machen." Ich sah ihm nicht nur auf die Finger, sondern besuchte auch eine Abendschule für Auslagengestalter.

Mein Vater hatte wieder Arbeit im erlernten Beruf. Da im Krieg die jungen Männer einberufen wurden, brauchte man die alten wieder. Meine Mutter hätte ihre Arbeit aufgeben können. Nun war ja wieder genug Geld im Haus. Sie tat es aber nicht, sie nahm weiter ihre Heimarbeit an. Ihre Firma wurde arisiert, das hieß, ein kommissarischer Verwalter wurde eingesetzt. Dem jüdische Ehepaar, das mit meiner Mutter von Null angefangen und im Laufe der Jahre eine erfolgreiche Firma aufgebaut hatte, wurde über Nacht aller Rechte beraubt. Ihr wurde Vermögen eingezogen und dann verschwanden sie von der Bildfläche.

Linerl, Pipsi und Trude

Wir waren drei Freundinnen: die Linerl, die Pipsi und ich, die Trude. Jeden Sonntag gingen wir in ein anderes Vergnügungslokal tanzen. Das war meistens ein Fünfuhrtee. Eines Tages, ich weiß nicht mehr, wer den Vorschlag gemacht hatte, entdeckten wir ein Lokal, das uns neugierig machte. Denn der Tanz fing zwei Stunden später an. Es war kein 5-Uhr-Tee. Als wir dann zu dritt erschienen, paßten wir gar nicht dort hin. Paarweise saßen die Menschen dort. Einzelgänger sah man keine. Schon dachte ich, daß das ein fader Abend würde, als sich plötzlich der Raum veränderte. Drei Menschen kamen herein, eine Frau und zwei Männer. Die Frau sah mich, kam auf mich zu und begrüßte mich. Es war die Milchfrau aus meiner Wohnumgebung. Der eine Mann, der zu ihr gehörte, hatte Fronturlaub, der andere war sein Freund. Sie nahmen am Nebentisch Platz. Da die Milchfrau nicht tanzen wollte, holten die zwei Männer uns zum Tanz. Nach einiger Zeit ging das Ehepaar nach Hause. Linerl verließ uns auch. Zurück blieben Pipsi und ich und der Mann. Als Pipsi und ich dann auch das Lokal verlassen wollten, fragte uns der Mann, ob er uns begleiten dürfe. Wir stimmten zu. Zuerst brachten wir Pipsi nach Hause. Dann war ich mit dem fremden Mann allein. Als ich in der Nähe meines Wohnortes war, wollte ich mich verabschieden. "Fräulein, wann kann ich Sie wiedersehen?" Ich überlegte. Der Mann hatte eine imponierende Gestalt, annehmbare Manieren, also warum nicht, dachte ich. "Ich habe von meinem Chef zwei Karten für eine Krampusfeier bekommen. Pipsi und ich gehen hin. Dort können Sie mich treffen und einen Tisch für uns reservieren. Wir beide werden etwas später kommen. Der Mann war einverstanden und verabschiedete sich. Den letzten Rest ging ich allein nach Hause. Mutter sagte immer: "Laß dich ja nicht zum Haustor begleiten. Wenn du jedesmal mit einem anderen Mann gesehen wirst, was glaubst du, was du für einen schlechten Ruf bekommst."

Die Krampusfeier war an einem Samstag. Damals wurde auch an einem Samstag ganztägig gearbeitet. Pipsi holte mich vom Geschäft ab. Gemeinsam gingen wir zur Feier. Der Ballsaal war schon übervoll. Kein leerer Platz war zu sehen. Unser Mann auch nicht. "Du, schau her, wer da kommt", sagte Pipsi. Tatsächlich ging unsere Bekanntschaft schwungvoll auf uns zu. "Küß die Hand, meine Damen!" so begrüßte uns der Mann. "Wo ist der reservierte Tisch?" fragte ich den Herrn. "Das haben wir gleich. Kommen Sie mit!" Wir überquerten die Tanzfläche. Dann öffnete der Mann eine Türe, die zu einem Nebenraum führte. Dort standen Tische und Sessel. Der Mann stemmte einen kleinen Tisch in die Höhe und ging voraus. Pipsi und ich schleppten die Sessel hinterher. Auf diese Weise hatten wir dann einen schönen Platz neben der Tanzfläche.

Pipsi fand gleich einen Tänzer. Ich saß allein mit dem Mann bei Tisch, der keine rechte Lust zum Tanzen zeigte. Er schlug mir aber vor, das Umfeld zu erforschen. Ich war einverstanden. Bei einer Schießbude blieben wir stehen. Eine Giraffe gefiel mir auf Anhieb. Meinem Begleiter fielen meine begehrlichen Blicke auf. Forsch fragte er den Betreuer des Schießstandes: "Was kostet diese Giraffe?" "Die ist unverkäuflich, mein Herr, die muß geschossen werden. Es sind zwölf Schuß." Mein Begleiter sagte: "Geben Sie mir das Gewehr!" Jeder Schuß war ein Treffer. Der zwölfte ging daneben. Er mußte wiederholt werden. "Geben Sie dem Fräulein die Giraffe", befahl mein Begleiter dem Mann von der Schießbude. Ich strahlte vor Glück. "Danke, danke", konnte ich nur sagen. Diese Giraffe löste bei Pipsi Neidgefühle aus. Sie ging vom Tisch weg, kam mit einer winzigen Giraffe zurück, war plötzlich müde und wollte nach Hause.

Wir stimmten ihr zu. Als wir das Lokal verließen, schneite es. Es war kälter geworden und Pipsi sagte: "Ich friere so." "Mir ist nicht kalt", stellte ich fest. "Kein Wunder", meinte Pipsi, "du hast ja immer drei Hosen an!" Jetzt mischte sich unser Begleiter in das Gespräch. "Hör ich richtig? Drei Hosen haben Sie an?" "Ja, das stimmt, bevor ich mich verkühle!" "Wenn man sich das so vorstellt. . ." - der Mann sprach den Satz nicht zu Ende. Nach einer Pause sagte er: "Ich trage im Sommer und Winter kurze Hosen." Dann verstummte das Gespräch. Es schneite und wir eilten jeder am schnellsten Weg nach Hause. Vorher machten wir uns zu dritt noch ein Stelldichein aus.

Eine Woche später trafen wir uns am Nachmittag in dem vereinbarten Kaffeehaus. Der Mann bestimmte gleich die Linie des Gespräches. "Meine Damen, sprechen wir uns mit 'Du' an! Ich bin der Raimund", so stellte er sich vor. Da ich gegen die übliche Form des Du-Wortes war, nämlich jenes mit einem Kuß zu besiegeln, genügte ein Handschlag. Und dann führte er das große Wort. Über den Inhalt seines Gespräches ist mir nicht einmal ein Hauch der Erinnerung geblieben.

Die Freundschaft mit Pipsi löste sich auf. Mit Raimund traf ich mich fallweise. Mein Hauptaugenmerk richtete ich aber auf meine berufliche Fortbildung. Ja, dann bekam Raimund einen Einberufungsbefehl und mußte von Wien fort. Einmal besuchte ich ihn im Ausbildungslager und dann wurde er nach Afrika versetzt. Meine Gedanken waren nicht bei ihm. Ganz selten kam eine Feldpost, die ich beantwortete.

Die Abendschule brachte ich gut zu Ende. Ich war nun gelernte Auslagen-Gestalterin. Eine Zeitlang blieb ich noch bei der Firma. Jetzt verkaufte ich und gestaltete auch die Auslagen. Aber dann trieb mich die Abenteuerlust weiter, und ich nahm einen Posten an, wo ich nur mehr für die

Auslagengestaltung zuständig war. Die Firma, wo ich nun arbeitete war gut viermal so groß wie die alte Firma. Ich hatte zehn Auslagen zu betreuen und einen Lehrling, der einen Kopf größer war, zur Hilfe. Bei der neuen Firma lernte ich die Seele der Menschen genauer kennen. Weil ich mir keinen Vorschuß vom Gehalt nahm, wurde ich angefeindet. Auch wurde mir der Garderobekasten aufgebrochen und mein Geld gestohlen. Als ich die Meldung bei der Polizei machte, fragte man mich, ob ich die Seriennummer von den Geldscheinen wüßte. Ich verneinte. Da gab man mir einen guten Rat: "Hüten Sie Ihre Zunge, sprechen Sie keinen Verdacht aus. Sie können wegen Verleumdung angezeigt werden. "Dann kam der Tag, den ich bis heute nicht vergessen habe.

Es waren große Auslagen, die ich betreute. Die Auslagenfenster gingen wie eine Türe auf. Die Öffnung der Fenster wurden durch eine sogenannte Schere begrenzt. Ein unverhoffter Windstoß riß das Fenster aus der Verankerung. Ich kniete gerade in der Auslage. Als ich das sah, versuchte ich das Fenster aufzuhalten. Ein Radfahrer, der gerade vorbei fuhr, sprang vom Rad und eilte mir zur Hilfe. Gemeinsam brachten wir das Fenster zum Stillstand, konnten aber nicht verhindern, daß der Holzrahmen brach. Die Versicherung zahlte nichts, denn nur das Glas war versichert. Erst Tage später begriff ich das unerhörte Glück, das ich hatte. Wäre das Glas zersplittert, so wäre ich entweder tot oder für mein ganzes Leben ein Krüppel gewesen. Der Vorfall mit der Auslage nahm mich mehr her als ich zuerst dachte. So beschloß ich, mir unbezahlten Urlaub zu nehmen.

Einfach weg

Ich fuhr einfach los. Wählte ein Ziel, wo ich im Notfall abends wieder nach Hause fahren konnte. In das Zugsabteil kam eine Frau mit einem Koffer. Sie wußte nicht recht, wie sie den Koffer unterbringen sollte. Ich stand ihr bei und schupfte den Koffer in das Gepäcksnetz. Die Frau bedankte sich und nahm neben mir Platz. Bald kam zwischen uns ein reges Gespräch in Gange. So nebenbei erzählte ich ihr meine Geschichte und erwähnte, daß ich ein Quartier suche, um mich von dem Schrecken zu erholen. "Sollten Sie nichts finden, gebe ich Ihnen eine Adresse, wo meine Tochter kürzlich war. So liebe nette Leute waren das. Der Mann ist ein Schneidermeister." Die Frau schrieb mir auf einen Zettel die Adresse und gab ihn mir. Ich las ihn laut vor. "Das ist ja in der Oststeiermark und ich bin im Burgenland. Wie komm ich dort hin?" "Ganz einfach - mit dem Bus", war die Antwort der Frau.

Tatsächlich bin ich dort um 11 Uhr nachts zu fremden Menschen hingekommen, mit einem Zettel in der Hand und lieben Grüßen von der mir unbekannten Frau. Das unglaubliche geschah. Ich wurde liebevoll aufgenommen und durfte neben der Tochter des Hauses im selben Zimmer schlafen. Am nächsten Tag verschaffte sie mir ein Zimmer in dem Hotel, wo sie arbeitete.

Zu meiner Erkundungsfahrt hatte ich ja nur eine Handtasche mitgenommen. Jetzt stand ich ohne Lebensmittelkarte und ohne Garderobe da, aber mit einem Zimmer, wo ich den Urlaub verbringen konnte. Ich schrieb gleich meiner Mutter: "Bitte, bringe mir die Lebensmittelkarte und meine Garderobe nach. Nimm für dich eine Tasche mit; ich werde versuchen, sie dir mit Lebensmittel anzufüllen. Deine Trude." Es dauerte ein paar Tage bis meine Mutter kam und mir das Gewünschte brachte. Unterdessen war ich nicht untätig gewesen. Ich zog Erkundigungen über die Möglichkeiten von zusätzlicher Nahrungsbeschaffung ein. Dabei hatte ich Glück. Einer der Sommergäste, der auch im Hotel wohnte - ein Herr Doktor, welcher Richtung erfuhr ich nicht - informierte mich. Es war direkt ein wissenschaftlicher Vortrag. Zuerst machte er mir klar, daß von den Großbauern nichts zu erwarten sei: "Nicht, daß sie gesetzestreu sind, sondern sie betreiben den Schwarzmarkt im großen Stil. Die Kleinen, die total verschuldet sind, wollen ihre Schulden loswerden. Aber Sie sind ängstlich, Sie haben nur wenig zu verkaufen und das wollen sie so teuer wie möglich. Mit diesen Leuten muß man sich anfreunden. Am besten gelingt das, wenn man ihnen bei den schweren Arbeiten hilft. Ich helfe immer bei der Erntearbeit ohne Bezahlung und versuche, in ihrer Sprache zu sprechen. Da habe ich keine Schwierigkeiten, zusätzlich zu Lebensmitteln zu kommen." Ich lauschte den Ausführungen des Herrn Doktor andächtig und probierte sein Rezept aus und hatte auf Anhieb Erfolg. Als meine Mutter kam, konnte ich ihre Tasche mit Lebensmittel anfüllen.

Jahrelang hörte ich die Hamstergeschichten vom 1. Weltkrieg. Ein Detail vergaß ich nicht. Die Person, die es erzählte, ist für mich gesichtslos geworden, der Spruch aber ist heute bei mir noch lebendig: "Ein Griff unterm Rock, ein Kilo Mehl!" Auf diese Art wollte ich nicht hamstern. Der Zufall machte mich mit einer Bäuerin bekannt. Ihr Mann war eingerückt. Sie hatte drei kleine Kinder und einen mittelgroßen Bauernhof zu versorgen. Ich bot ihr meine kostenlose Arbeitskraft an. So entstand eine Beziehung, die viele Jahre anhielt, weil sie auf gegenseitigen Nutzen beruhte.

Ich ging zu der Firma nicht mehr zurück, sondern wieder zum Arbeitsamt. Meiner Mutter war der ständige Wechsel des Arbeitsplatzes unheimlich. Sie nannte mich "die Unvollendete". Die Beamtin versprach mir, mich durch eine

Dienstverpflichtung als Nachrichtenhelferin fest zu binden, das hieß, am Kriegsschauplatz zu sein. Das lockte mich aber nicht. In der Schule lernten wir die Zeitung von rückwärts (bei den Annoncen anfangen) zu lesen. Nur so kann man zu einer Übersicht kommen. Mir fiel auf, daß technische Zeichnerinnen dringend gesucht werden. Das war ein neuer Beruf. So bestand ich darauf, weil ich ja im Zeichnen ausgebildet bin, als technische Zeichnerin vermittelt zu werden. Die Beamtin schrieb mir den Schein, und überreichte ihn mir mit der Bemerkung: "Schauen Sie, daß Sie aufgenommen werden, wenn nicht, kenne ich keinen Pardon und Sie werden als Nachrichtenhelferin dienstverpflichtet."

Es war die deutsche Reichsbahn, wo ich mich vorstellen ging. Der Personalchef hatte so seine Vorstellung. Er wollte nur Maturantinnen einschulen. Ich hatte aber keine Matura, aber einen Großvater, der schon lange tot war. Dieser war ein höherer Beamter bei der Bahn, und das erwähnte ich. Auch, daß es nicht meine Schuld war, in wirtschaftlich schlechten Zeiten keine Matura zu haben. Der Beamte hörte mir aufmerksam zu und sagte: "Wenn ich die anderen Voraussetzungen erfülle, so soll das kein Hindernis sein." Ich mußte einen Plan von einem Bahnhof zeichnen. Es war schon etwas anderes als ein Blusenschnitt. Aber der Prüfer half nach. Dann kam die ärztliche Untersuchung, zum Schluß ein Sehtest. Da sah ich aber schwarz, denn ich habe eine angeborene Kurzsichtigkeit. Wieder kam mir der Zufall zur Hilfe. Der Assistent des Augenarztes kannte mich. Er war Geschäftsdiener bei der Firma, wo ich kurze Zeit Manipulantin war. Er versprach mir zu helfen. Als der Augenarzt mit dem Zeigestab auf der Lesetafel die verschiedenen Buchstaben berührte, konnte ich sie einwandfrei mit der Hilfe des Assistenten erkennen. Nachdem ich alle Tests bestanden hatte, wurde ich bei der deutschen Reichsbahn als technische Zeichnerin aufgenommen.

Bis hierher hatte ich schon Erfahrungen in 30 Firmen gesammelt. Die deutsche Reichsbahn war die 31. Arbeitsstelle für mich. Ich habe dadurch eine Gewandtheit bekommen, und konnte mich rasch in einer neuen Umgebung einarbeiten. Mir fiel auf, wenn eine Gruppe zusammen arbeitet und Spannungen entstehen, wird ein Sündenbock gebraucht. Das war schon in der Schule so. Einer war immer schuld, wenn etwas schief lief. Oder man hatte einen Hofnarren, der durch einen Witz die Spannungen auflösen konnte.

Nachdem ich als Auslagengestalterin zu Werbefach gehörte, wurde ich angeschrieben, mich weiterzubilden. Werbung war damals ein neuer Beruf. Deutsche Philosophen schrieben dicke Bücher, die keiner in Deutschland las. Die Amerikaner aber studierten sie und entwickelten diese Erkenntnisse zu brauchbaren Geschäftspraktiken. Wir lernten "Wahr und Klar" für die Wirtschaftswerbung. Die Betriebswerbung hatte das Ziel eines reibungslosen Arbeitsablaufes. In der Politik sagte man jedoch, daß gelogen werden kann soviel man will, man wird nicht zur Verantwortung herangezogen.

Nach dem Anschluß an Deutschland bekam jede Arbeitskraft ein Arbeitsbuch. Das war sehr praktisch. Jede Firma trug die Zeit ein, von wann bis wann man bei ihr beschäftigt war und als was. So hatte man sofort eine gute Übersicht, und alles war gleich zur Hand. Ich habe die Erfahrung gemacht, wenn nicht irgend etwas Auffallendes passiert, bleibt keine Erinnerung hängen. Ich habe mit Arbeiterinnen und Angestellten zusammen gearbeitet. Aber jetzt, bei der deutschen Reichsbahn, waren akademisch gebildete Herren meine Kollegen. Bei der Aufnahme machte man mich extra darauf aufmerksam. Ich wurde eingeschult Pläne zu zeichnen. Es war das Vermessungsamt, wo ich tätig war. Ein Vorstand als Hauptperson, vier Stellvertreter, ein Sekretär mit einem Stellvertreter, 50 Ingenieure, 50 Praktikanten, 16 Zeichnerinnen, das Büro, Reinigungspersonal und ein Amtsdiener. Kaum kam ich mit dem technischen Zeichnen zurecht, wurde mir der Posten als Sekretär-Stellvertreter angeboten, weil der Stellvertreter einen Einberufungsbefehl erhielt, und niemand an seiner Stelle war. Ich nahm an, obwohl ich keine Ahnung hatte, was von mir verlangt wird. Ich erhielt eine kurze Einschulung, und schon stand ich alleine da. Der Sekretär wurde auf ein paar Wochen zur Schulung weggeschickt. In den Abendstunden lernte ich für die Betriebswerbung. Das wichtigste für einen reibungslosen Arbeitsablaufes ist es, daß man die Arbeit delegiert, um die Übersicht zu behalten. Ich kam mir wie ein Zauberlehrling vor. Was ich theoretisch hörte, versuchte ich in die Praxis umzusetzen. Das erste war, daß ich bei den Praktikanten anfragte: "Wer hilft mir. Ich stellte mir das so vor: Ein Zimmer dient als Aufenthaltsraum. Einer von euch Burschen übernimmt die Verantwortung. Wenn ich anrufe, daß ich zwei Praktikanten brauche, so sollen zwei von euch stramm vor mir stehen. Glaubt ihr, daß das so geht?" "Sicher Fräulein!" Ich wollte auch, daß sie sich bei mir meldeten, nicht nur im Büro. Es klappte vorbildlich. Den Diplomingenieuren konnte ich die Wünsche prompt erfüllen.

Einmal plagte mich die Neugierde, und ich fragte meine Helfer, ob sie Schwierigkeiten hätten. "Aber wo", bekam ich zur Antwort. Es war ein Bursche, der einen Kopf größer war als ich. "Man weiß, daß ich boxen gehe", sagte er. Ich brauchte mich nur vor den Burschen stellen und "Was ist jetzt" sagen. Das hat bis jetzt immer funktioniert. Ein wesentlich kleinerer Bursche versicherte mir, daß jeder Butter auf dem Kopf hat. Ich brauche ihn nur daran zu erinnern. Einer schaffte es mit Überzeugung. Aber letzten Endes war mir das Resultat wichtig, nicht wie es zustande kam.

Organisationsaufgaben

Die Arbeit austeilen war schon schwieriger. Ich fand heraus, daß jeder für eine andere Arbeit geeignet war. Dementsprechend teilte ich die Arbeit aus. Ich hätte nie geglaubt, daß 16 Mädchen so stur sein können. Zum Schluß fand ich doch eine Lösung: Eine von diesen übernahm die Verantwortung für das Zimmer. Die Arbeit legte ich auf einen Tisch, daß sie jeder sehen konnte. Dann verließ ich den Raum. Wer glaubt, er macht es am besten, entschied sich dann für diese Arbeit.

Wer meint, mit Akademikern leicht arbeiten zu können, der irrt sich gewaltig. Für 50 Ingenieure hatte ich nur je zehn Rechen- und Schreibmaschinen. Wer eine Rechen- oder Schreibmaschine hatte, sperrte sie in den Kasten ein, wenn er auf die Strecke ging. Kein Mensch wußte dann, wo eine zu finden wäre. Ich hatte die Idee, wenn ein Ingenieur sich eine ausborgt, so solle er auf ein Blatt Papier, das ich auflegte, seinen Namen schreiben, so daß der nächste sah, wo eine Maschine zu finden sei. So einfach dachte ich es mir. Die Praxis sah dann anders aus. Da war einmal der Standesunterschied. Ich war ja niemand, also konnte ich einen Herrn Diplomingenieur nichts sagen. Aber eine Lösung fand ich doch: Wenn ein Diplomingenieur von mir eine Maschine wollte, sagte ich ihm: "Nachdem ich selbst keine brauche, interessiert es mich nicht wo sie ist." Zu dieser Zeit lief ein Dienststellenwettbewerb, Ich machte dem Herrn Vorstand den Vorschlag, eine Möglichkeit zum Gedankenaustausch zu schaffen, damit der Arbeitsablauf besser organisiert wird. Der Herr Vorstand stellte für diesen Zweck einmal in der Woche zwei Stunden zur Verfügung. Nach Anfangsschwierigkeiten gelangen wirklich Verbesserungen. Man trug sich sogar auf dem Blatt Papier ein, wenn man sich eine Maschine ausborgte.

Dann kam der Rückschlag. Die Reinigungsfrau beschwerte sich bei mir, daß die Burschen im Waschraum beim Händewaschen alles mit Wasser überschwemmt hatten. Ich sah mir das an. Tatsächlich war eine riesige Wasserlache zu sehen. Ich holte mir die Burschen, die das verbrochen hatten, drückte ihnen ein Tuch in die Hand und befahl, daß sie die Lache aufwischen sollten. Kurz darauf kam der Betriebsrat zu mir, machte einen Riesenwirbel, wie ich mir erlauben könne, einem zukünftigen Ingenieur ein Tuch in die Hand zu drücken. Als er mich verließ, ging ich zum Herrn Vorstand und erzählte ihm diesen Vorfall. Der ging zuerst gar nicht darauf ein, sondern erzählte mir, daß ihm die Diplomingenieure vorschlugen, daß ich meinen Platz behalten solle, da sie außerordentlich zufrieden mit mir wären, weil sie jetzt alles bekämen, was sie brauchten. Ich lehnte ab, mit folgender Begründung: "Ich will keinen Mann von seinem Platz verdrängen, auch was die Praktikanten betrifft. Ich gebe zu, daß das nicht die feine Art war. Am besten, der Herr Betriebsrat übernimmt die Arbeit mit den Praktikanten. Er ist ein reifer Mann mit mehr Erfahrung als ich. Um vorzubeugen, wieder so einen Schnitzer zu machen, erkläre ich ab sofort diese Arbeit für beendet." Dann verließ ich das Vorstandszimmer. Kurze Zeit später stürzte der Betriebsrat in meinen Arbeitsraum und schrie mich an: "Sind Sie verrückt? Sie hängen mir die Praktikanten an?" "Ich hab es ja nicht richtig gemacht. Sie sind ein erfahrener Mann, Ihnen werden keine Fehler unterlaufen. Damit ist jedes weitere Reden zwecklos!" Wütend verließ er mich. Mir fiel sein Spruch ein, den er mir bei Gelegenheit einmal sagte: "Ordnung ist, wenn Druck ausgeübt wird, Chaos, wenn jeder macht, was er will!" Die Tage verliefen in alter Ordnung. Der Sekretär war von der Schulung zurück und ich, seine Stellvertreterin, trat wieder in den Hintergrund. Der Herr Betriebsrat hatte nun die Kontrolle über die Praktikanten und kam aus dem Ärger nicht heraus. Kritisieren ist leichter als besser zu machen. Ich wollte unbedingt die Berufsbezeichnung eines Werbefachmannes haben. Das war nicht so leicht. Ich mußte eine Bestätigung von einem Erfolg in der Firma bringen, erst dann konnte ich an einer weiteren Schulung teilnehmen und zur Prüfung antreten.

Nachdem die zwei Stunden Gedankenaustausch in der Woche sehr erfolgreich verliefen, bat ich den Herrn Vorstand, mir eine Bestätigung über den Erfolg zu geben. Er schrieb mir ein Konzept, gab es mir mit der Bemerkung, mit der Schreibmaschine könnte ich es selber schreiben. Zur Unterschrift sollte ich es ihm wieder bringen. Den Zettel steckte ich mir in den Arbeitsmantel und als ich in das Zimmer zurückkam, wartete schon ein Diplomingenieur auf mich und bat mich, einen Plan aus dem Archiv zu suchen. Er stand hinter mir und sah eine Spitze von dem Zettel aus der Tasche des Arbeitsmantels herausragen. Neugierig nahm er ihn zu sich und las ihn. Als ich mich umdrehte und ihm den gesuchten Plan gab, drückte er mir den Zettel mit der Bemerkung in die Hand: "Den heben Sie sich gut auf!"

Über diese Handlung war ich so empört, daß ich dem Parteigenossen, er trug ein großes Hakenkreuz als Abzeichen, eine kräftige Ohrfeige gab. Aufgeregt eilte ich zum Herrn Vorstand: "Bitte, was würden Sie tun, wenn Ihnen wer aus dem Rock etwas herausnimmt?" "Ich gebe ihm eine Ohrfeige", war die Antwort. "Ich hab das auch gemacht!" Dann erzählte ich es ihm genauer. Der Herr Vorstand stand vom Sessel auf, verließ seinen Schreibtisch und ging mit mir in mein Zimmer zurück. Die Ohrfeige hatte der Diplomingenieur vor Zeugen bekommen. Nun sagte der Herr Vorstand: "Wenn mir wer etwas aus dem Rock nimmt, der bekommt eine Ohrfeige. Mir tut es leid, daß Ihnen das Fräulein keine Ohrfeige gegeben hat!" Ich staunte über diese Formulierung.

Der Herr Vorstand war noch ein Beamter aus der Monarchie. Er war ohne Standesdünkel und mit großem Können. Außer ihm gab es noch andere Diplomingenieure aus dieser Zeit. Diese Leute fielen sofort durch ihre angenehmen Manieren und ihr großes Wissen auf. Aber alle waren auch bei der Partei. Man erzählte mir, als der Umbruch kam, bekam jeder ein Formular zum Unterschreiben vorgelegt, und war damit Parteigenosse. Hätte er nicht unterschrieben, wäre er seinen Posten losgeworden.

Das Vermessungsamt hatte 150 Personen angestellt, davon waren vielleicht drei bis vier Personen schon in der Verbotszeit bei der Partei. Diese aber fielen unangenehm auf. Sie waren hauptsächlich damit beschäftigt, auf andere Druck auszuüben, und sie zu vernadern, wenn ein unbedachtes Wort fiel.

Im Herbst 1944 wußten die Eingeweihten schon, daß der Krieg verloren ist. Ich sprach damals mit einem Genossen, der mir die Lage erklärte. Seine Meinung war, jetzt handle es sich nur mehr darum, den Krieg in die Länge zu ziehen, damit die Menschen, die sich die ganze Zeit über eifrig engagiert haben, in die Versenkung verschwinden können. Es fiel mir auch auf, daß die meisten, die mitgeholfen haben, die ersten waren, die wieder dagegen waren. Ich dachte mir, wer sich mit der Politik befaßt, muß rechtzeitig ein Widerstandskämpfer sein, nur so kann er überleben.

Tag für Tag gab es Bombenangriffe. An einem Tag im September 1944 hätte mich nichts auf der Welt in die Arbeit bringen können. So ging ich mit Brechdurchfall in den Krankenstand. An diesem Tag traf eine Bombe das Vermessungsamt der Reichsbahn, genau dort, wo ich mein Zimmer hatte. Wäre ich im Amt gewesen, und als letzte in den Keller gegangen, so wie ich es immer machte, so wäre ich wahrscheinlich tot gewesen. Es folgten Tage der Angst, der Alpträume, stundenlanges Sitzen im Luftschutzkeller.

Irgendwie ging die Arbeit aber weiter. Mein Vater war eines Tages auf seinem Arbeitsplatz stundenlang verschüttet gewesen. Im Wohnhaus gingen wir auch knapp an einem Bombentreffer vorbei. Die Bombe traf das Nebenhaus und von unserem Wohnhaus wurde das Dach durch den Luftdruck abgetragen. Ich war damals oft krank, oft im Krankenstand. Wenn ich im Amt war, gingen wir zwei Stock tief in den Keller, wenn Fliegeralarm war. Wir hatten turnusweise Nachtdienst im Amt. Wenn ein Brand ausgebrochen wäre, hätten wir ihn bekämpfen müssen.

Die Verbindung mit der Bäuerin bereicherte den Speisezettel meiner Eltern und mir. So oft es ging, verbrachte ich das Wochenende mit ihr und half bei der anfallenden Arbeit. Sie wiederum schickte uns Päckchen mit Lebensmitteln, so daß wir das Weihnachtsfest im bescheidenen Rahmen feiern konnten. Statt einem Christbaum gab es nur eine Kerze, die wir anzündeten. Aber die Familie war wieder vereint. Ein Jahr zuvor war meine Mutter in der hohen Tatra, in einer Lungenheilanstalt. Sie blieb dort fünf Monate. Mein Vater und ich mußten in dieser Zeit uns selbst versorgen, was uns ganz gut gelang. Unser Arbeitskreis war klar abgesteckt. Mein Vater sagte gleich zu Beginn zu mir: "Du kochst, ich räume zusammen." Am Heiligen Abend hatten wir zwei kleine Christbäume am Nachtkästchen neben dem Bett stehen. Diesmal verbrachten wir die Silvesterfeier bei der Nachbarin. Wir waren sechs Frauen und mein Vater als einziger Mann. Wir haben Blei gegossen, um einen Blick in die Zukunft zu machen. Um 12 Uhr Mitternacht, nach dem Glockenschlag, hörten wir im Radio eine Ansprache, entweder Sieg oder Tod war der Inhalt derselben. Als wir diese Worte hörten, erbleichten wir.

Das Schiff sinkt

Es war sichtbar, daß ein Sieg nicht mehr drinnen war. Es ist wie bei einem Schiff, wenn es sinkt. Der Sog reißt alles mit. Noch dazu hat sich kurz vorher ein Parteigenosse so geäußert: "Wenn ich gehen muß, nimm ich sechs andere mit." Das war durchaus ernst gemeint. Von innen heraus konnte man sich nicht wehren. Das System war gut organisiert. Jeder Hausmeister konnte einen vernichten. Die Rettung konnte nur von außen kommen. Das Problem war aber, daß bei den Rettungsversuchen auch wir selbst vernichtet werden konnten. Der Blick in die Zukunft war trostlos. Durch die tagtäglichen Aufregungen wurde ich wieder krank. Der Arzt schrieb Neurasthenie als Befund. Ich bekam sechs Wochen Kuraufenthalt in der Steiermark verschrieben. An dem Tag, an dem ich fahren sollte, waren die Russen schon in der Nähe Wiens. Ich wäre direkt zum Kriegsschauplatz gefahren, darum ließ ich es sein. Merkwürdiges passierte rund um mich. Angeblich hatte die Polizei Wien verlassen. Der Hauch von Zivilisation wurde abgestreift. Der Mensch mit seinen Trieben blieb zurück.

Ich wohnte in der Nähe des Westbahnhofes. Dort gab es riesige Weinkellereien. Plötzlich tauchten Männer in roten Armbinden auf. Sie waren die neue Ordnung. Sie gaben die Parole aus: "Leute, holt euch den Wein. Besser wir haben einen Rausch als die Russen." Ich war dabei. Es ging gesittet zu. Die Leute standen in Reih' und Glied. Sie hatten verschiedene Gefäße mit sich, die sie anfüllten als sie an die Reihe kamen. Die Sitzbadewanne wurde bei uns zweckentfremdet und mit Wein angefüllt. Da die Wasserkanne noch leer war, wollte ich noch ein letztes Mal Wein holen. Ich geriet mitten in die Kampfhandlung hinein. Eine Vorhut der Russen kam in die Stadt und kämpfte mit einem Rest der SS, die sich in der Inneren Stadt verbissen wehrte. Ich warf mich zu Boden und schloß mit meinem Leben ab. Aber es war noch nicht zu Ende mit mir. Es folgte eine Kampfpause. Hilfreiche Hände hoben mich auf, streichelten mir die Wangen und steckten mir drei Stück Würfelzucker in meinen Mund. Es war eine russische Soldatin. Nie in meinem Leben habe ich das vergessen.

Am nächsten Tag klopfte es an unserer Wohnungstür. Als Mutter und ich aufmachten, stand unser Nachbar, ein tschechischer Schneidermeister, mit einem blutigen Messer vor uns: „Ich habe jetzt mit unserer Trafikantin abgerechnet". Die Trafikantin war eine Nationalsozialistin, die darauf achtete, daß korrekt "Heil Hitler!" gegrüßt wurde. Sie korrigierte die Grußformel und nahm sich das Recht, die Zeitung zu verweigern, wenn schlampig gegrüßt wurde. "Diese Trafikantin, sie kam mir entgegen", so erzählte uns der Nachbar. "Ich, das blutige Messer in der Hand, sage zu ihr: 'Du kommst mir gerade recht. Einen habe ich schon erledigt.' Auf das hinauf kniete sie vor mir nieder, jammerte mich an, ich solle sie am Leben lassen. Ich zog sie an ihren Haaren in die Höhe und gab ihr einen Tritt in den Arsch, so daß sie gute fünf Meter weit flog. Ich bin weiter gegangen." Der Nachbar machte eine kleine Pause, dann setzte er fort: "Das Fräulein Trude" - das war ich - "soll sich ein scharfes Messer nehmen und eine Tasche und in die Nebengasse gehen. Dort ist ein Stall, wo ein totes Pferd liegt. Sie kann sich ein Stück Fleisch hinunter schneiden. Die Russen haben es für die Bevölkerung freigegeben." Also zog ich los. Das Messer habe ich in die Tasche gelegt, dazu ein paar Zigaretten in ein kleines Papiersäckchen gesteckt, für alle Fälle. Dann war ich bei dem Stall angelangt. Durch den Hausflur kam ich in den Hof. Mein erster Blick fiel auf einen Pferdekopf, sonst war da nichts. Ein gutes Stück entfernt lag ein Roßschweif, daneben fünf Stück Rossknödel. Ich kämpfte mit Übelkeit. Links von diesen Überresten lag ein noch ganzes totes Pferd. Dorthin ging ich. Dann stand ich hilflos, das Messer in der Hand, vor dem toten Pferd. Wo fang ich an zu schneiden? überlegte ich. "Fräulein, kann ich Ihnen helfen?" Es war ein Mann, mittleres Alter, der mich so fragte. "Ja, bitte. Ich habe Zigaretten, die gebe ich Ihnen." Zigaretten waren damals wie ein Zauberschlüssel und wirkte auch diesmal. Gekonnt schnitt mir der Mann das schönste Stück vom Pferd heraus, einen Lungenbraten. Mit dieser Beute kam ich nach Hause und erfreute meine Eltern und die Nachbarin, weil diese uns ihren Herd zur Verfügung stellte und dafür ein Stück Fleisch bekam. Gas war damals keines vorhanden. Auch Wasser mußte man von einem Brunnen holen. Einmal ging ich zu meiner Dienststelle.

Dort sagte man mir, ich solle zu Hause abwarten.

Ich hatte eine Freundin, die besaß ein Friseurgeschäft und hatte russische Offiziere als Kunden. 1. Mai 1945: „Wie werden die Russen die Maifeier abhalten?" Das war für ihren Vater eine wichtige Frage. Zu dritt gingen wir am Vormittag zum Schloß Schönbrunn. Dort hofften wir etwas Feierliches zu sehen. Vor dem Schloß stand ein Leiterwagen, der einem Russen gehörte. Rings um ihn standen Frauen. Eine davon trug ein kleines Kind am Arm. Als wir näher kamen, sahen wir, daß der Russe den Frauen Brot gab. Bei der Frau mit dem kleinen Kind blieb er stehen, küßte die Händchen des Kindes und erzählte uns, daß seine Frau und sein Kind von deutschen Soldaten getötet geworden sind. Er weinte und wir alle weinten mit ihm. Dann gingen wir in den Tiergarten. Ein markerschütternder Schrei ließ uns in die Richtung schauen, woher er herkam. Ein Russe hatte das Schutzgitter des Bärenkäfigs überstiegen und der Bär langte mit seiner Tatze aus seinem Käfig und riß dem Russen eine Schulter ab.

Als wir weiter gingen, wurde der Vater meiner Freundin von zwei russischen Offizieren angesprochen. "Heute ist der

1. Mai und er soll schleunigst mit uns nach Hause gehen!" Für die Mannschaft können sie nicht garantieren. Das war also der 1. Mai 1945.

Der tschechische Schneidermeister hatte nun die Rolle seines Lebens. Er vermittelte zwischen den Russen und uns. Am Haustor klebte ein Schreiben: "Dieses Haus steht unter dem Schutz der russischen Kommandatur." Ein Bäcker in unserem Haus backte für die Russen Brot. Für uns zweigte er entsprechend ab. Fast wäre das Arrangement schief gelaufen. Es standen 300 Menschen vor seinem Geschäft und wollten plündern. Die Bäckermeisterin rief uns Hausparteien zur Hilfe. Voran war wieder der tschechische Schneidermeister, der die Leute zur Besonnenheit aufrief.

Ein Schuhgeschäft verkaufte sein Schuhlager. Ein anderes machte sich die Mühe und sortierte die Schuhe anders. Ein kleiner Schuh mit einem großen in einer Schachtel, ein brauner mit einem schwarzen, zwei linke mit zwei rechten. Als die Menschen das Schuhgeschäft plünderten, machten sie lange Gesichter. Wieder besuchte ich meine Dienststelle und erfuhr folgendes: Wenn ich bleiben wolle, so müßte ich ein Gesuch machen, sonst werde ich im Zuge der Reorganisation entlassen. Ich ließ mich entlassen.

Wien war damals ein Sperrgebiet. Das hieß, ohne behördliche Bewilligung durfte man die Stadt nicht verlassen. Eine Bewilligung wurde aber nicht ausgestellt. Ich war im 26. Lebensjahr, die Zukunft lag dunkel vor mir. Ein Gesuch hatte ich auch nicht gemacht, ich war jetzt ohne Bindung. So wollte ich versuchen, Wien zu verlassen und zu der Bäuerin in die Oststeiermark zu kommen. Mit leichtem Gepäck machte ich mich auf den Weg dorthin. Ich hatte einen leeren Rucksack und eine Tasche mit Eßbesteck und einmal Unterwäsche zum Wechseln. Um fünf Uhr früh marschierte ich zu einem Bahnhof außerhalb Wiens. Als der Zug in der Station hielt, hatte ich Mühe in den Zug zu kommen. "Hier sind

Typusfälle. Hier können Sie nicht einsteigen." So wurde ich von Leuten, die an der Türe standen, begrüßt. "Wenn Sie Typus hätten, würden Sie anders ausschauen", war meine Antwort und gekonnt drückte ich mich in das Innere des Zuges.

Fort von Wien

Auf der Plattform standen die Menschen dicht gedrängt. Aber im Waggon im Wageninneren saßen zwei abenteuerlich wirkende Männer auf einer Bank. In der Mitte der Bank war ein Platz frei. Galant lud mich der Mann auf der rechten Seite ein, neben ihm Platz zu nehmen. Ohne zu zögern setzte ich mich dorthin. Nun saß ich zwischen den zwei Männern und fragte um ihre Nation. Der Galante war ein Italiener, der andere ein Russe. Das Publikum harrte gespannt der Dinge, die nun kommen sollten. Aber es geschah nichts Außergewöhnliches. Kurze Zeit später war eine Unterhaltung in Gange wie in normalen Zeiten. Als die zwei Männer nach einiger Zeit ausstiegen, war der Platz neben mir frei. Eine Frau mit zwei Kindern und einem Kinderwagen nahm neben mir Platz. Wir kamen ins Gespräch. Es stellte sich heraus, daß wir fast die gleichen Ziele hatten. Sie fuhr zu einem Bauern arbeiten, damit sie für sich und die Kinder Essen bekam. Ich hatte dasselbe Ziel vor Augen. Der Zug durchfuhr die russische Zone. Bei der Grenze zur englischen Zone war Halt. Ich fragte die Frau: "Kann ich mich Ihnen anschließen?" "Ja, sicher" gab sie zur Antwort. "Wissen Sie, wir machen keinen Abschneider, um über die Grenze zu kommen. Wir gehen den geraden Weg über die Landstraße." Dieser Weg war für uns und die kleinen Kinder zwar gut zu gehen, aber doppelt so lang wie der Abschneider, den alle anderen machten. Um sieben Uhr abends durchquerten wir die erste große Ortschaft nach der Grenze. Erstaunt fragten uns die Bewohner, von wo wir herkämen. "Von Aspang, von der Endstation des Zuges." "Was, von dort? Und nichts ist euch geschehen?" "Was hätte geschehen sollen? Wenn russische Fahrzeuge an uns vorbeifuhren, winkten uns die Soldaten freundlich zu. Wir winkten zurück. Das war alles!" sagte ich. "Da habt ihr aber Glück gehabt", sagte eine Frau zu uns. "Wißt ihr, was den Leuten passiert ist, die den Abschneider genommen haben? - Ausgeraubt sind sie geworden! Sogar die Schuhe nahm man ihnen weg und dann mußten sie zurückgehen und wieder nach Hause fahren." Ungläubig hörte ich mir das an. Aber meine Begleiterin sagte zu mir: "Ich sag ja immer: Der gerade Weg ist der sicherste!"

Das letzte Stück des Weges gingen wir getrennt weiter. Eine halbe Stunde später kam ich zu meiner Bäuerin. Das erste, was sie zu mir sagte war: "Gut, daß du da bist. Kannst gleich ums Kuhfutter gehen!" Das hieß, ich mußte für die Kuh das Nachtmahl mähen. Erst dann bekam ich zu essen. Für den ganzen Tag hatte ich nur ein Stück trockenes Brot zur Verfügung gehabt. Trotzdem hatte ich keinen Hunger. Als ich dann von der Bäuerin ein Glas Milch und ein Stück Brot zum Nachtmahl bekam, streikte man Magen und beförderte alles wieder ins Freie. Die ersten 14 Tage waren schrecklich für mich, Durchfall und Brechreiz wechselten sich ab. Dazwischen mußte ich arbeiten. Mein Bett war ein Strohsack auf dem Fußboden. Im Ehebett, wo ich sonst schlief, wenn ich kam, lag eine mir fremde Frau, die hochschwanger war. Ihre Eltern hatten sie hinausgeworfen, als sie sahen, was mir ihr los war. Sie wollte bei Bauern arbeiten, nur für Kost und Quartier. Erst nach vielen Vorsprachen, die alle abgelehnt wurden, kam sie zu meiner Bäuerin, die sie aufnahm. Nach 14 Tagen am Bauernhof hatte sich mein Körper der neuen Umgebung angepaßt. Meine Bäuerin, so glaubte ich, ignorierte meinen schlechten Gesundheitszustand. Das war ein Glück für mich, sonst wäre ich in Selbstmitleid ertrunken. Jahre später erzählte sie mir aber, daß sie verzweifelt gewesen war. Denn ich hätte ausgesehen, als würde ich sterben und sie hatte kein Geld für ein Begräbnis. Es waren drei Monate, die ich am Lande verbrachte. Da ich mir lange vorher die Bauernarbeit angelernt hatte, war ich nach den gesundheitlichen Anfangsschwierigkeiten eine geschätzte Arbeitskraft, die mitgeholfen hatte, die Ernte hereinzubringen. Eine Handvoll Leute ging als Nachbarschaftshilfe zu den umliegenden Bauernhöfen arbeiten. Fremde wurden nicht genommen. Es kamen eine Menge Leute, die gegen Kost gearbeitet hätten, man hätte sie auch gebraucht, sie wurden aber bei niemanden aufgenommen. Auf meine erstaunte Frage: "Warum nehmen wir niemand dazu?" sagte die Bäuerin: "Sie fressen zuviel und leisten zu wenig." Das war kurz und bündig, was ich da zu hören bekam. Obwohl diese drei Monate der Tiefpunkt meines Lebens waren, denke ich gerne zurück.

Die Arbeit in der frischen Luft ließ mich aufblühen. Vor allem fand ich Anerkennung. Man sagte zu mir: "Ja, das stimmt doch wirklich. - Ein echter Wiener geht nicht unter!" Ich bin eine geborene Wienerin und als Krönung meines Aufenthaltes führte ich drei Tage lang selbständig den Bauernhof. Das war so: Die fremde Frau mußte in die Klinik zur Entbindung und die Bäuerin mit dem jüngsten Kind, einem Buben, in die Augenklinik. Ein Splitter von einer Handgranate, die er fand, verletzte sein Auge. Ich war mit zwei Kindern und den Tieren am Bauernhof allein. Am ersten Tag hatte ich Schwierigkeiten mit der Kuh. Ich kam in der Früh in den Stall, nahm den Hocker und wollte die Kuh melken. Sie patschte mir ihren Schweif mitten ins Gesicht. Die Kinder machten mich aufmerksam, daß sie es gewöhnt ist, daß man mit ihr spricht. Am nächsten Tag, als ich in den Stall ging, hatte ich in den Armen gutes grünes Futter. "Guten Morgen, meine liebe Kuh", so begrüßte ich sie. "Schau, was ich dir bringe!" Ich gab ihr das Futter in die Krippe und streichelte ihren Hals und sie gab mir Milch noch und noch. Wenn das so besser läuft, so dachte ich, habe ich die anderen Tiere auch begrüßt und ihnen extra etwas gebracht. Den Kindern habe ich Geschichten erzählt. Mit einem Wort: Man war mit mir zufrieden. Als die Bäuerin zurückkam und alles in Ordnung fand, sagte sie zu mir: "Wie ich sehe, könntest auch du eine Bäuerin sein." Als der Tag des Abschieds kam, wurde mir der Rucksack mit guten Sachen vollgepackt. Die Bäuerin begleitete mich ein Stück des Weges, dann nahmen wir Abschied voneinander, wir umarmten uns, hatten Tränen in den Augen. "Danke, danke, daß du mir geholfen hast", kam uns beiden gleichzeitig über die Lippen. Wohlgemutes ging ich meines Weges. Als ich ein Stück gegangen war, hörte ich die aufgeregte Stimme meiner Bäuerin. "Bleib stehen, bleib stehen!" Schon rannte sie keuchend auf mich zu. "Ich habe ein Ehepaar getroffen, die über die Grenze gehen, die kennen sich aus. Sie werden gleich kommen. Mich hat das Gewissen gedrückt, denn du bist ja nicht von dieser Gegend. Ich hab sie gebeten, dich mitzunehmen. Gleich werden sie da sein!" Kaum hatte die Bäuerin ausgeredet, stand schon das Ehepaar vor mir. "Ja, wir nehmen sie mit, aber sie müssen genau unseren Anweisungen folgen", sagte die Frau zu mir.

Die Grenze zwischen der englischen und russischen Zone ist stark gesichert. Es ist nicht ratsam, weder den Russen noch den Engländern in die Hände zu fallen. Auf Schleichwegen überquerten wir die Grenze. Fast wäre das Ganze schief gelaufen, aber zum Glück passierte das im Niemandsland. Durch den schweren Rucksack verlor ich beim Klettern das Gleichgewicht. Ich weiß bis heute nicht, wie ich da zurecht kam. Das Ehepaar ging vor mir. Der Rucksack riß mich nach rückwärts. Irgendwie befreite ich mich von ihm und zog ihn das letzte Stück des Weges nach. Das Ehepaar wartete auf mich. Gemeinsam sahen wir tief unter uns die Grenzsoldaten. Das Ehepaar war nun zu Hause und ich löste eine Fahrkarte nach Wien. Ich hatte großes Glück. Kurze Zeit später setzte sich der Zug in Bewegung und ich hörte vom Schaffner: "Um 20 Uhr sind wir in Wien!" Ich atmete auf, meine Ängste waren vorbei. Aber dann passierte wieder etwas unvorhergesehenes. Mitten auf der Strecke blieb der Zug stehen. Wir fuhren nicht weiter. Der Schaffner berichtete, die Russen hätten eine Lok gebraucht, und unsere einfach abgehängt. Wie es jetzt weitergehen wird, weiß er nicht. Ich fing mit einem Herrn zu plaudern an. Es stellte sich heraus, daß er ein Eisenbahner war, also ein Kollege von mir. Jetzt, am Ende meines Abenteuers kam ich darauf, daß ich ohne Ausweispapiere von zu Hause weggefahren bin. Ich erzählte es dem Herrn. "Machen Sie sich keine Sorgen", gab er mir zur Antwort. "Ich habe einen Ausweis für mich und meine Frau, die ist aber nicht mit mir gefahren. Wenn Kontrolle ist, gebe ich sie einfach als meine Frau aus." Um 12 Uhr Mitternacht kamen wir in Wien an. Ein Stück des Weges gingen wir gemeinsam, ehe wir uns trennten und in verschiedenen Richtungen nach Hause eilten. Zum Abschied gab ich dem Mann ein paar Zigaretten und bedankte mich für seine Begleitung.

Ein paar Häuser weiter war ich zu Hause. Die Wohnung lag im ersten Stock. Als ich hinauf rief, wurde ich gleich gehört, und meine Mutter warf mir den Haustorschlüssel auf die Straße. Als ich dann in der Küche vor ihr stand, musterte sie mich von Kopf bis Fuß und sagte: "Wie oft soll ich dir noch sagen, daß das Wichtigste im Leben gut geputzte Schuhe und schön frisierte Haare sind. Wann wirst du es dir endlich merken?" - "Wie du wieder aussiehst!" stellte sie fest. Ich verzichtete auf irgendwelche Erklärungen. Sie hätte es doch nicht begriffen. Nun war ich in Wien, frank und frei - an nichts und niemanden gebunden. Aber meine Eltern waren alt und hilflos ohne mich. Nun mußte ich eine Lösung finden, wie es weiter gehen soll.

Nachdem ich Geld auf der Postsparkasse hatte, beschloß ich dieses in Wissen zu verwandeln. "Wissen ist Macht!" Der Spruch ist heute zur Gänze verschwunden. Ich hatte mein Praxisjahr in der Schneiderei, so gab es keine Schwierigkeit die Meisterklasse für Kleidermachen zu besuchen. Das Ziel war die Meisterprüfung. Durch den Besuch der Schule blieb mir noch genügend Zeit zusätzlich Nahrungsmittel zu beschaffen. Haben wir heute das Problem der Überernährung, war es damals die Unterernährung.

Damals waren rund um Wien Gärtnereien, heute sind dort Kläranlagen. Ich fand eine Familie, bei der ich als Hausschneiderin arbeitete und statt Geld Gemüse nach Hause schleppte. Ein Teil des Gemüses wurde beim Bäcker in Brot eingetauscht. Die Schule wurde ganztägig geführt. Zu Mittag gab es ein einfaches Mittagessen. Es folgten ruhige Wochen. Irgendwann im Herbst 1945 wurde Wien in vier Besatzungszonen aufgeteilt. Ich lebte in der französischen Zone. Meine Großmutter bekam einen französischen Offizier einquartiert. Mit diesem konnte ich lange Gespräche führen, weil er seine deutschen Sprachkenntnisse verbessern wollte. Er erzählte mir, daß er als Kriegsgefangener bei einer deutschen Bäuerin zum Arbeiten eingesetzt wurde und er diese Zeit in guter Erinnerung hatte, weil seine Arbeit Anerkennung fand. Es folgten ein paar Wochen aufkeimender Lebenslust, als plötzlich die Schuldirektorin den Schülerinnen sagte, sie habe kein Heizmaterial und auch keine Aussicht welches zu bekommen. Sie müsse daher die Schule schließen. Sie würde uns empfehlen, in der Zwischenzeit in einer Werkstätte Arbeit anzunehmen. Wir würden verständigt werden, wenn die Schule wieder aufsperrt.

Ich suchte nicht lange herum, sondern sprach meinen Nachbarn an, den tschechischen Herrenschneider. Ich erzählte von dem Problem mit der Schule und machte ihm das Angebot, ohne Bezahlung bei ihm zu arbeiten. Er müßte mich nur anmelden, damit ich einen Nachweis habe. Er war sofort einverstanden. So saßen wir in seiner Werkstätte Seite an Seite, zauberten aus Decken Wintermäntel, machten

Reparaturen, aber neue Stoffe bekamen wir nicht zu Gesicht. Eines Tages bekam der Schneidermeister Besuch. Ich sah den Mann nicht, aber ich hörte seine Stimme. Der Schneidermeister und der Unbekannte hielten sich im Vorraum auf, der von der Werkstätte durch eine Tür getrennt war. Es ging um eine Auskunft einer Hauspartei. Manches hörte ich genau, anderes wieder verschwommen. Ich konnte mir nicht vorstellen, um was es ging. Dann ging der Besuch und der Schneidermeister kam in die Werkstätte zurück. Ich fragte ihn nicht was los war. Er begann von allein zu erzählen: "Das war ein Kriminalbeamter, der wollte näheres über den Herrn 'N' wissen. Dieser Herr wußte von mir, daß ich Tscheche bin. Er machte mir keine Schwierigkeiten, so mache ich ihm auch keine, obwohl er bei der SS war. Ich sagte dem Kriminalbeamten, daß ich nichts Nachteiliges über ihn weiß."

Das Weihnachtsfest 1945 ist mir noch immer in bester Erinnerung. Einmal in der Woche ging ich zur Frau Professor Matheka in der künstlerischen Volkshochschule zeichnen und malen. Sie organisierte das Weihnachtsfest auf einmalige Art. Einen Baum bekam sie zu fällen, ihre männlichen Schüler erledigten die Arbeit. Holzscheite wurden abwechselnd während der Feier von den Schülern geschnitten. Jeder spendete Geld, soviel er konnte. Die Feier lief so ab: Zuerst der besinnliche Teil mit vorgetragenen Erzählungen und Gedichten. Dann bekam jeder einen Weihnachtsteller mit Bäckereien. Zum Schluß spielte die damals beste Kapelle in Wien zum Tanz auf. Die Frau Professor achtete auf die Tanzpaare, und wenn ein Tänzer seine Partnerin enger an sich drückte, griff sie ein. Mir ist das passiert. Plötzlich hatte meine Professorin ihre Hand auf seiner Schulter und sagte: "Sie kommen mit!" Es klang laut und befehlend, nebenbei wurde 'Holzschneiden' erwähnt.

Vom 17. 12. 1945 bis 1. 3. 1946 war ich beim Herrenschneider gemeldet. Dann begann wieder der normale Schulunterricht. Schließlich kam der Tag, wo ich die Meisterprüfung ablegen wollte. Ich bereitete mich sorgfältig darauf vor. Startbereit saß ich im Klassenzimmer als Punkt 8 Uhr früh die Schuldirektorin hereintrat und sagte: "Die Prüfung wird auf Wunsch der französischen Besatzungsmacht auf unbestimmte Zeit verschoben." Darüber gab es keine Debatte. Enttäuscht gingen wir nach Hause. Verärgert ging ich zur Innung und sagte der Sekretärin: "Ich lege auf die Meisterprüfung keinen Wert mehr." Sie meinte, im Vertrauen gesagt, wenn einmal die Prüfung stattfinden wird, werden eh alle durchfallen. Ein paar Monate später traten 70 Schülerinnen zur Prüfung an. Zwei kamen durch. Die eine hatte ein lediges Kind, die andere eine alte Mutter zu erhalten. Den Stoff, den ich mir für die Prüfung besorgt habe, verarbeitete ich zu einem hübschen Kleid und ging eifrig tanzen. Als gelernte Schneiderin konnte ich leicht Kunden und hiermit Arbeit finden oder als Hausschneiderin arbeiten. Ich half auch bei Bedarf dem Herrenschneider aus. Es war eine Zeit ohne Ziel. Wien war doch ziemlich zerstört und es mußte zuerst der Schutt weggeräumt werden.

Wiedersehen mit Raimund

Eines Tages klopfte es an der Wohnungstür. Ich machte auf. Vor mir stand Raimund. Raimund, der Mann, der mich mit der körperlichen Liebe vertraut gemacht hatte und mit Sekt das "Erste Mal" feierte. Er war mir fremd geworden. Es war ja nur ganz kurze Zeit, wo wir uns näher gekommen waren, und dann nahm ihn der Krieg in seine Arme. Glaubte Raimund er könnte fortsetzen, wo er aufgehört hatte? Als ich ihn kennengelernt hatte, stand er am Tiefpunkt seines Lebens. Sein bester Freund betrog ihn damals mit seiner Frau. Er verließ das gemeinsame Heim und lebte schon ein Jahr getrennt von ihr. Das erzählte er mir nicht. Meine Mutter beauftragte damals ein Detektivbüro und das fand heraus, daß er zwar verheiratet ist, aber getrennt lebt. Über den Betrug seiner Frau sprach er nie. Ich erfuhr es viele Jahre später von anderer Seite. Nun stand er geschwächt vor mir und das Gesicht war vom Krieg gezeichnet. Ein mir völlig fremder Mann, der auf eine freundliche Aufnahme von mir hoffte. Ich konnte sie ihm nicht geben. Ich ließ Raimund Platz im Zimmer nehmen und sagte zu ihm: "Du hast mir nicht erzählt, daß du verheiratet bist. Es ist doch leicht möglich, daß du wieder zu deiner Frau zurückfindest. Solange das Verhältnis nicht geklärt ist, gibt es bei mir keine Fortsetzung. Und auch dann nur einen Neubeginn." Erstaunt blickte er mich an. Kurze Zeit später verließ er uns. Er sagte zu mir: "Ich bin enttäuscht, aber von deiner Seite aus gesehen, hast du recht. Ich werde abwarten, wie ich mit meiner Frau zurecht komme, und mich dann entscheiden." So endete das Wiedersehen nach vielen Jahren. Nach einiger Zeit kam Raimund wieder zu mir. Er erklärte mir, er hätte versucht mit seiner Frau zusammenzuleben, aber er schafft es nicht mehr. Er ist dann zu seiner Mutter gezogen und hat die Scheidung eingereicht.

Dann kam die Stunde Null. Seine Frau und ihre Verwandten führten unter dem Krieg sein Geschäft weiter. Die Vorräte, die für den Anfang nach dem Krieg angelegt waren, waren aufgebraucht. Was noch vorhanden war, schleppten die Verwandten nach Polen, von wo seine Frau stammte. Damit waren die Voraussetzungen für endloses Streiten gegeben. Da machte ich nicht mit. Ich erklärte Raimund, daß er auch Schuld am Scheitern seiner Ehe trage. Er hat seine Frau von Polen mitgebracht. Von der ersten Stunde an wurde sie von seinen Verwandten abgelehnt. Auf die Dauer konnte Raimund nicht bei seiner Mutter leben, und auch ich wollte aus meinem Elternhaus. So begann die Suche nach einer Wohnung.

Eines Tages, als der Raimund zu mir kam, sagte er: "Komm mit mir", ich habe eine schöne Wohnung gefunden. Freudig erregt folgte ich ihm und stand dann vor einem desolaten Haus. Eine Bombe hatte das Stiegenhaus getroffen. Es war total zerstört. Eine kleine schmale Leiter stand daneben, auf der mußte ich noch einen Stock hinaufklettern. Dann sah ich die "schöne Wohnung". Es war ein Trümmerhaufen und lag neben dem Stiegenhaus, wo die Bombe hineinging. "Es ist eine Drei-Zimmer-Wohnung, die kann ich mieten, wenn ich sie auf eigene Kosten herrichte. Was sagst du dazu?" fragte Raimund. Ich mußte zuerst einmal meinen Schock überwinden. Unter "schön" hatte ich mir etwas anderes vorgestellt. Aber dann war ich dafür. So ließ Raimund auf eigene Kosten eine Holzstiege bauen, die bis zur Eingangstüre ging. Es mußten neue Leitungen gelegt werden, das hieß: Gas, Wasser, Strom zu verlegen. Es war kein einziges Glasfenster ganz. Das Material wurde auf abenteuerliche Weise herangeschafft. Bei dieser Gelegenheit besorgten wir auch Glas für die Fenster seiner Mutter. Als wir 14 Tage später bei ihr zu Besuch kamen, waren die Scheiben gut verpackt hinter den Kleiderkasten gestellt und die Fenster nach wie vor mit Pappe vernagelt worden. "Warum machst du das?" fragte Raimund. Die empörte Antwort: "Ich werde den Hausherrn nichts schenken."

Ich hatte die Aufsicht über die Bauarbeiten. Es waren auch andere Arbeiten, die einer Kontrolle bedurften. Nach ungefähr einem Jahr fehlten nur mehr die Möbel, die wir beim Tischler nach Maß anfertigen ließen. "Du kannst jetzt einziehen!" meinte Raimund. "Als was?" fragte ich. Raimund stand in voller Länge vor mir und dachte nach, überlegte und kam zu dem Schluß: "Richte die Papiere her, wir werden heiraten. Ich brauch' eh jemanden, der mir die Wäsche wäscht und die Socken stopft." Sonntag abends, am 9. November 1947 kam Raimund zu mir, brachte meiner Mutter ein Kilo Schweinsbraten, drückte ihn in ihre Hand und sagte: "Da hast du. Bitte richte uns für morgen das Essen her. Wir heiraten." Meiner Mutter verschlug es die Rede. Wir haben absichtlich nicht früher darüber gesprochen, um meinen Eltern unnötige Aufregungen zu ersparen. Denn es war unsicher, ob es uns gelingen würde, zusätzliches Essen und Getränke aufzutreiben.

Am 10. November gingen wir zum Standesamt Penzing-Fünfhaus. Zwei wildfremde Menschen waren unsere Trauzeugen. Am Heimweg über den Markt sah Raimund Chrysanthemen. Er kaufte mir drei Stück. Zu Hause bei mir angelangt, roch es schon gut nach dem Schweinebraten. Die Flasche Weinbrand, die ich im Schleichhandel besorgt hatte, stand auf dem Eßtisch. Nachdem wir unsere Mäntel abgelegt hatten, prosteten wir und meine Eltern uns zu auf eine gute Zukunft. Als wir so mitten drin im Essen waren, wurde vor unserer Wohnungstür: "Hoch soll sie leben, dreimal hoch!" gespielt. Meine Mutter sah hinaus. Es waren drei Straßenmusikanten, die sich unsere Adresse vom Standesamt herausgeschrieben hatten und nun für uns eine Weile gegen Bezahlung spielen wollten. Meine Mutter regelte das. Unsere Nachbarin, eine alte Frau, wollte auch wissen, was los ist. Als sie erfuhr, daß ich geheiratet hatte, bekam ich von ihr spontan ein Hochzeitsgeschenk. Es waren zwei Punschgläser und ein Zitronenpresser. Um den Tag feierlich zu beenden, hatte ich zwei Opernkarten für Rigoletto besorgt. Das Stück wurde nicht in der Oper gespielt, weil sie zum Teil zerstört war, sondern im Theater an der Wien.

Mein Vater vertrug sich glänzend mit Raimund. Die beiden Männer hatten ständig einen Grund sich zuzuprosten. Um es kurz zu machen, ich hatte einige Mühe Raimund ins Theater zu bringen. Kaum saß er dann im Theater, entschlummerte er mir. Pünktlich zum Schluß der Vorstellung wachte er auf. Den Heimweg schaffte er aber. Zu Hause in der Wohnung ohne Möbel schlummerten wir dann am Fußboden dem nächsten Tag entgegen.

Zu dieser Zeit wurde alles zurückbehalten, weil eine Geldumtauschaktion in Sicht war. Das Datum weiß ich nicht mehr, aber nachher war alles da. Die bestellten Möbel wurden geliefert. Jeder von uns hatte sein eigenes Zimmer. Das Herrenzimmer war in dunkler Eiche gehalten. Von seiner Schwester hatte Raimund ein Uhrwerk geschenkt bekommen und er träumte von einer Standuhr. Als sie geliefert wurde, lehnte sie dann kümmerlich in der Ecke des Zimmers, unfähig aus eigener Kraft zu stehen. Darauf angesprochen, sagte der Tischler: "Schlagen Sie halt einen Nagel in die Wand!" "Lieber Herr, dann hätten wir eine Wanduhr bestellt", gab ich zur Antwort. Widerwillig nahm er die Uhr zurück. Ein paar Tage später stand die Uhr aus eigener Kraft vor uns. Aber das Uhrwerk war jetzt kaputt, und konnte nicht mehr zum Leben erweckt werden.

Meine Möbel waren in heller Olivesche gemacht. In der Mitte des Zimmers stand ein breites französisches Bett. "Probieren wir es aus?" fragte mich Raimund. Es war ein einmaliges Erlebnis. Am Höhepunkt krachte das Bett in zwei Teilen auseinander. Mühselig krabbelten wir heraus und standen dann vor den Trümmern unserer Liebe. Es war nicht die große Leidenschaft, sondern schlechte Tischlerarbeit, die uns das bescherte.

Dann kam Raimund drei Tage später nicht nach Hause. Ich ging zur Polizei und wollte eine Vermißtenanzeige machen. "Wie lange ist es her, daß Sie Ihren Mann nicht gesehen haben?" wurde ich gefragt. "24 Stunden", war meine Antwort. "Das ist zu kurz. Wir nehmen erst nach 48 Stunden die Anzeige entgegen." Bevor die 48 Stunden zu Ende waren, tauchte Raimund wieder auf. Es gab kein Wort der Erklärung. Wenn das so läuft, dachte ich, mache ich es auch. Ich besuchte meine Eltern, blieb über Nacht bei ihnen und kam erst im Laufe des nächsten Tages nach Hause. Raimund empfing mich aufgeregt: "Wo warst du? Ich habe mir solche Sorgen gemacht!" "Glaubst du, bei mir war das anders, als du nicht nach Hause kamst?" war meine Antwort. Es folgten dann ein paar ruhige Wochen, bis dann der nächste Schlag kam.

Bei Durchsicht der Morgenpost fand ich einen Delogierungsbescheid vom Wohnungsamt: "Sie haben widerrechtlich die Wohnung bezogen. Binnen acht Tagen ist sie zu räumen, sonst werden sie zwangsdelogiert." Ich ließ alles liegen und stehen, und ging auf die Suche des Bombenscheines der vorhergehenden Mieterin. Die Wohnung war durch den Bombentreffer unbewohnbar gewesen. Das war ja amtlich bestätigt. Durch diese Bestätigung bekam die Vormieterin eine Wohnung zugewiesen. Diese Bestätigung muß ja irgendwo aufliegen, dachte ich. Nach ein paar vergeblichen Versuchen kam ich endlich zur richtigen Stelle. Mit Tränen in den Augen erklärte ich den Beamten, daß ich den Bombenschein brauche, das hieß, die Bestätigung, daß die Wohnung unbewohnbar gewesen war. Nach einiger Zeit brachte der Beamte mir die Bestätigung. Jetzt kam er erst darauf, daß ich nicht die Mieterin der Wohnung war, sondern deren Nachfolgerin. "Da haben Sie jetzt Glück gehabt. Wenn ich den Schein nicht finde, hilft Ihnen nichts. Sie müssen aus der Wohnung heraus." So sagte es mir der Beamte. Erleichtert atmete ich auf, bedankte mich und eilte nach Hause. Es war 12 Uhr mittags als ich nach Hause kam. Ich hatte natürlich kein Essen vorbereitet, auch sonst war alles liegen geblieben. "Wo treibst du dich herum", war das erste, was ich von Raimund zu hören bekam. Dann hielt er mir eine Predigt über meine Pflichten. Als Hausfrau habe ich zu sorgen, daß das Mittagessen immer pünktlich am Tisch steht. Als sein Wortschatz erschöpft war, kam ich erst zum Reden. Es dauerte eine ganze Weile bis er begriff, daß ich eine Delogierung abgewendet hatte.

Die erste Zeit meiner Ehe war ich vollständig beschäftigt zusätzliche Lebensmittel heranzuschleppen. Im Herbst 1948 las ich in der Zeitung, daß ein zweijähriger Weiterbildungskurs für Hausgehilfinnen an der höheren Bundeslehranstalt für hauswirtschaftliche Frauenberufe abgehalten wird. Ich meldete mich an, mußte aber beim Stadtschulrat ein Gesuch stellen, daß ich den Kurs besuchen kann, weil ich noch nie als Hausgehilfin gearbeitet hatte. Da ich glaubhaft versichern konnte, gerade jetzt als verheiratete Frau würde ich zusätzliche Kenntnisse brauchen, erhielt ich die Bewilligung. Am 6. Juni 1950 trat ich zur Abschlußprüfung an. Mein Thema hieß "5-Uhr-Tee". Ich richtete ein Buffet mit verschiedenen Bäckereien und pikanten Brötchen her. Das alles mußte ich selbst erzeugen und dann gefällig arrangieren. Ich spritzte am Backblech mit dem Dressiersack kleine Krapfen. Als die Backzeit um war, und ich das Backblech aus dem Backrohr herauszog, waren die Krapfen verschwunden, eine glatte Fläche schaute mir entgegen. Ohne zu zögern, stellte ich das Blech auf den Arbeitstisch, und suchte mir ein Lineal. Mit Hilfe dessen, schnitt ich zierliche

Stücke zurecht und arrangierte sie mit anderen Bäckereien. Die Abschlußprüfung bestand ich mit "sehr gutem Erfolg". Damit hatte ich nicht gerechnet. Ich fragte bei der Prüfungskommission nach, wieso ich die gute Note bekam, da ja die eine Bäckerei verpatzt war. "Es gibt keine Köchin, der nicht einmal etwas schiefläuft. Sie haben sich sofort zu helfen gewußt. Das muß belohnt werden!"

Eheleben

Was eine Ehe ist, das weiß man erst, wenn man mitten drinnen steckt. Einmal kam mein Mann zu Mittag nach Hause. Ich habe gerade Semmelknödel ins kochende Wasser gelegt. Da übermannten ihn seine Gefühle und ich mußte ihm zur Verfügung stehen. Als ich zum Gasherd zurückkam, waren die Knödel verschwunden. Sie waren aufgelöst und brodelten lustig im Suppentopf. Ich seihte das Ganze ab. Im Sieb sammelten sich die Überreste der Knödel. Ich vermengte sie mit Mehl und formte neue Knödel, die dann meinem Raimund köstlich schmeckten.

Ich war jetzt 30 Jahre und überlegte, was ich tun sollte. Das Eheleben behagte mir nicht. Allzeit bereit sein war nicht nach meinem Geschmack. So begann ich mich zu informieren, welche Möglichkeiten für mich vorhanden waren. Schon die erste Auskunft traf mich wie ein Keulenschlag. "Was, 30 Jahre sind Sie? Eine Arbeit suchen Sie? Sie sind doch schon viel zu alt dafür!" Da saß ich nun in der Falle. Ich bereute, daß ich nicht bei der Bahn geblieben war. Dort hätte ich keine Probleme. Ich wäre auch nicht verheiratet. Das einzig gute war, daß ich den Ratschlag meiner Chefin gefolgt und ein eigenes Zimmer hatte. Auch hatte ich einen Freiraum. Da mein Mann in seiner Freizeit ein leidenschaftlicher Kartenspieler war, konnte ich auch meinen Interessen nachgehen. Meine Mutter sagte mir bei jeder Gelegenheit, daß ich mich auf niemanden verlassen solle. Die Selbständigen hatten damals keine Alters- und auch keine Krankenversicherung. Mein Mann war einer von diesen Selbständigen. Durch Zufall kam ich darauf, daß ich auf freiwilliger Basis meine Versicherung weiter zahlen kann. Das versöhnte mich mit meinem Schicksal. "Jeder ist seines Schicksals Schmied", sagt der Volksmund. Warum habe ich so schlecht geschmiedet? Was macht mich so unzufrieden? Ich dachte nach und kam darauf. In der ganzen Zeit, wo wir zusammenlebten, bekam ich kein einziges Lob zu hören. Darauf angesprochen meinte Raimund: "Du mußt dich glücklich schätzen, wenn ich nichts kritisiere." Aber einmal fiel er aus seiner Rolle. Ich besuchte einen bunten Nachmittag. Dort war als Hauptattraktion ein Publikum-Wettblasen veranstaltet. Ich stand mit zwei anderen Frauen auf der Bühne. Jede bekam einen Luftballon zum Aufblasen. Wer als erstes den größten Luftballon geblasen hatte, war Siegerin. Das war ich. Ich bekam tosenden Applaus vom Publikum. Die Kappelle spielte einen Tusch. Der Ansager überreichte mir einen großen Geschenkkorb mit guten Sachen. Der Luftballon zersprang in viele kleine Stückchen. Als ich mit dem Geschenkkorb nach Hause kam, zeigte mir Raimund das erste Mal Anerkennung, und jedem der es hören wollte, erzählte er: "Meine Frau kann so gut blasen."

Im Herbst 1953 meinte mein Mann: "Wenn du vormittags spazieren gehst, kannst du ja gleich meine Kunden besuchen." Unter "spazieren gehen" verstand er die Besorgungen zu machen, die zu einem Haushalt gehörten. Das war ja keine Arbeit, das zählt ja nicht. Ich müsste mich ja glücklich schätzen, daß ich von ihm erhalten werde. Mein Mann betrieb eine kleine Senferzeugung und vertrieb auch seine Ware selbst. Doch sein Vertreter verstarb und Raimund fand keinen Ersatz. So sollte ich einspringen. Er brauchte auch einen Arbeiter zum Senfmahlen. Solange er niemand fand, mußte er selbst die Arbeit machen. Er hatte auch keinen leichten Stand. Als er wieder einmal erschöpft nach Hause kam, es war in den späten Nachtstunden, machte ich ihm Vorwürfe: "Mußt du alles selber machen? Man delegiert die Arbeit", sagte ich ihm, so wie ich es gelernt habe und auch beim letzten Arbeitsplatz gemacht habe. "Dann bring' mir jemanden, an den ich delegieren kann! Glaubst du, daß ich untätig war? Der Auftrag liegt schon wochenlang am Arbeitsamt!" sagte er. Ich glaubte es nicht. Am nächsten Tag ging ich dorthin und entlockte der Beamtin ein Lachen. Sie zeigte mir einen Stoß von Aufträgen, die sie nicht erfüllen konnte. Zu dieser Zeit war Arbeitskräftemangel. Den Umgang mit Beamten hatte ich nicht vergessen. Ich blieb beharrlich vor ihr stehen, und sie erinnerte sich an einen Mann, der nicht zu vermitteln war. Er war 15 Jahre bei einer zehnmal so großen Konkurrenzfirma beschäftigt, wo er wegen Diebstahls fristlos entlassen wurde und jetzt seit einem Jahr von allen Firmen abgelehnt wurde. "Diesen Mann können Sie haben!" meinte sie. "Da muß ich erst eine Rücksprache halten", erklärte ich der Beamtin und bedankte mich für ihre Mühe. Als ich Raimund erzählte, daß ich einen Mann gefunden hätte, der vom Fach wäre, aber einen Schönheitsfehler hat, bekam ich als Antwort: "Bring' ihn mir! Es stiehlt eh jeder, der eine mehr, der andere weniger." So wurde mein Mann entlastet, ich wurde belastet, und es wurde auch die erste Frau in den Arbeitsprozeß eingeschalten. Sie bekam 42 % vom Gewinn und arbeitete daher fleißig mit.

Später einmal wurde mir von einer Kundin gesagt, die Einblick in unsere Verhältnisse hatte: "Da muß ja ein Mann zu was kommen, wenn zwei Frauen für ihn arbeiten!" Mein Mann hatte vor dem Krieg die Idee Senf in Tuben abzufüllen. Er wurde ausgelacht. "Wer kauft eine Zahnpasta zu Würstel?" Die Konkurrenzfirma griff diese Idee nach dem Krieg erfolgreich auf, hatte auch das Geld für die Werbung.

Werbung war immer noch ein neuer Beruf. Ich selbst hatte ja schon die Ausbildung dazu, doch was brachte es mir? Bis jetzt nichts. Meine Idee waren kleine Senfbecher aus Plastik. Raimund realisierte sie. Mit diesen Bechern begann der Einstieg als Vertreterin von meinem Mann. Innerhalb von zwei Monaten brachte ich ihm 200 neue Kunden. Die Konkurrenz zog nach. Eine kleine Veränderung und schon machten sie auch das Geschäft. Eine Patentanmeldung wäre Unsinn gewesen. Es hätte nur viel gekostet und nichts gebracht. Die Änderung bei der Konkurrenz bestand in durchsichtiger Plastik. Unsere Becher waren in weißem Plastik gehalten und in kurzer Zeit grau. So haben wir es der Konkurrenz nachgemacht.

Im dritten Monat meiner neuen Laufbahn passierte etwas mit mir. Die Regelblutungen schienen gestört. Mich packte die Angst, ich dachte an Krebs. Ich ging zur Untersuchung. Mit allem habe ich gerechnet, aber die Diagnose versetzte mich in Angst und Schrecken: "Sie sind im dritten Monat schwanger", sagte die Ärztin. Ich schwanger, schwanger! Da war meine Entscheidung falsch. Ich hatte doch die Wahl einen jungen Mann und Kinder oder einen alten Mann ohne Kinder. Raimund wußte ja davon und war damit einverstanden. Aber dann begann ich zu überlegen. Wenn Raimund auch so seine Fehler hatte, aber in diesem Punkt war er rücksichtsvoll. Ich wollte abwarten und ihm bei Gelegenheit diese Neuigkeit mitteilen. Als es soweit war, daß ich ihm davon erzählte, war er erfreut. "Schau", sagte er zu mir, "eine Wohnung haben wir, das Geschäft geht gut. Wir können uns ein Kind leisten. Aber wir werden es niemand sagen. Wir werden alle damit überraschen." Ich war einverstanden. Ich besuchte nach wie vor vormittags die Kunden. Die Bewegung tat mir gut. Ich las einschlägige Lektüre und besuchte einen Mutterschulungskurs. Außer meiner Mutter wußte niemand, daß ich ein Kind bekomme. Diese zweifelte daran, weil ich keinerlei Beschwerden hatte. Es war eine schöne, ruhige Zeit für mich. Ich führte ein geregeltes Leben. Nur einmal ging ich in dieser Zeit spät schlafen. Es war 12 Uhr Mitternacht, als ich das Kind spürte. Mir kam es vor, als wollte es mich erinnern, daß Schlafenszeit ist.

Schwangerschaft

Die Meisterkrankenkassa sah keine Mitversicherung für die Angehörigen vor. Ich schwebte damit in der Luft. Ich zahlte ja nur die Pensionsversicherung ein. So ging ich in ein Spital, das mir die Kosten ausrechnen sollte. Das Spital lag am Weg meiner Tour. Also ließ ich mich dort privat untersuchen und fragte nach den Entbindungskosten. "Das erfahren Sie im Büro", sagte mir der Arzt und seine Assistentin. Der Schalter der Auskunft war unbesetzt. Also nahm ich seitwärts Platz und wartete. Plötzlich wurde die Eingangstür aufgerissen, offen gelassen, so daß ich durch die Türe versteckt war, und folgendes hörte - es ging um den Namen eines Patienten - : "Schaut mir schnell nach, ob er Kassenpatient oder Zahlender ist. Er will nach Hause. Wenn er Zahlender ist, bleibt er noch da!" Er zahlt, war die Antwort. Die Eingangstüre war wieder geschlossen. Nichts deutete auf das Gespräch hin, das ich mitgehört hatte. Nach einer Weile war mein Schalter wieder besetzt, und ich fragte nach was eine Entbindung hier kosten würde. "Das kann man im Voraus nicht sagen. Es können Komplikationen eintreten. Wollen Sie sich anmelden?" fragte mich die Schalterbeamtin. "Nein, ich wollte nur eine Information", war meine Antwort. Dann verließ ich die Klinik und nahm mir vor woanders nachzufragen. Ein paar Tage später suchte ich eine andere Klinik auf. Die Adresse hatte ich im Wartesaal der ersten Klinik von einer Frau erfahren. Sie erzählte mir: "Hier laß ich mich nur untersuchen, weil die Klinik in meiner Wohnnähe ist. Zur Entbindung gehe ich woanders hin. Zwei Entbindungen habe ich dort schon gehabt und war sehr zufrieden." Ich bat um die Adresse, und sie gab sie mir. Als ich die Klinik aufsuchte, bekam ich eine klare Auskunft: "Wenn Sie keine Krankenkasse haben, geht es nach dem Steuerbescheid. Bringen Sie ihn mit. Wir stufen Sie ein und berechnen Ihren Termin", so sagte man es mir. Und genau so machte ich es dann auch.

Bis zum letzten Tag des berechneten Termines war ich für meinen Mann unterwegs. Am Mittwoch vor Pfingsten ging ich in die Klinik und wurde untersucht. Es wurden aber keinerlei Anzeichen für eine bevorstehende Geburt gefunden. So wurde ich wieder nach Hause geschickt. Raimund und ich aßen zu Mittag und als ich Geschirr abwaschen wollte, fühlte ich im Unterleib Nässe. Das muß ein Blasensprung sein, geht es mir durch den Kopf. Ich ließ alles liegen, und Raimund brachte mich mit dem Lieferwagen in die Klinik. Dort blieb ich bis auf weiteres. Meine Diagnose stimmte. Zum Glück hatte ich den griffbereiten Koffer für die Klinik nicht zu Hause vergessen. Beim Vorbereitungskurs wurde uns nahegelegt, im Voraus alles zusammen zu packen, wie für einen Urlaub. Das habe ich gemacht, und mich bei dem mir zugewiesenen Bett häuslich niedergelassen. Am Donnerstag setzten zögernd die Wehen ein, das heißt mit langen Intervallen. Ich fand zwei Frauen, die mir Gesellschaft leisteten. Die beiden hatten schon eine Geburt hinter sich und eigene Erfahrungen. Ich kannte ja nur die Theorie. Die Erfahrung der beiden Frauen war, wenn man in Bewegung ist, erträgt man das Vorspiel leichter. So gingen wir zu dritt den Gang hin und her, und erzählten aus unserem Leben oder Witze. Wir unterhielten uns gut. Setzte bei einer die Wehe ein, so stoppten wir mit der Armbanduhr die Zeit. Der Anstieg des Schmerzes dauerte eine Minute zum Höhepunkt. Dann fällt der Schmerz ab. Maßgebend sind die Zeitintervalle. Erst wenn die Intervalle gering sind, kann man in den Kreißsaal gehen. Die beiden Frauen kamen früher dran. Ich war erst am Freitag um 23 Uhr soweit, den Kreißsaal aufzusuchen. Nach Mitternacht setzten die Preßwehen ein.

Die Erinnerung der nächsten qualvollen Stunden ist sehr verschwommen. Am Pfingstsamstag, dem 5. Juni 1954 um 7:30 Uhr, bekam ich das Kind, es war ein Mädchen, frisch gewaschen auf meine Brust gelegt.

Das war der Beginn eines neuen Lebensabschnittes für mich. Ich weiß nicht mehr, wie viele Tage ich in der Klinik war. Ich turnte im Bett, darüber habe ich gelesen. Ich nahm auch ein Multivitaminpräparat zu mir, sodaß ich, als ich aus der Klinik entlassen wurde, auffallend fit war. Keiner sah mir eine Geburt an. Zwei Monate wurde ich von jeder Arbeit verschont. Aber dann kam ich wieder in Einsatz. Ich bat meine Mutter um Hilfe. Diese aber lehnte schroff ab: "Ich bin allein zurecht gekommen. Das wirst du ja auch schaffen!" Damit war die Debatte zu Ende. Mit sehr schlechtem Gewissen ließ ich meine Tochter allein zu Hause. Am Anfang schlief sie den Vormittag durch, später spielte sie allein. Dann wurde ich angezeigt. Eine Fürsorgerin kam zur Kontrolle. "Das Kind ist notgedrungen allein. Wenn Sie mir jemanden bringen, der auf das Kind aufpaßt, wir sind gerne bereit zu zahlen", sagte ich. Die Fürsorgerin wußte auch niemanden. Die Anzeige wurde fallengelassen, denn alles andere war in Ordnung.

Zu dieser Zeit gab es noch die Verpflichtung zu Pockenimpfung. Heute ist dieser Zwang aufgehoben, weil viele Zwischenfälle passierten. Meine Tochter gehörte dazu, sie bekam Gehirnhautentzündung. Das war ein furchtbarer Schlag für mich. Am Freitag war ich bei der Kontrolle. Der Gemeindearzt fand nichts auffallendes. Samstags in der Früh, das Kind lag neben mir im Bett, bekam es plötzlich einen Krampf, wurde ganz steif und verdrehte die Augen. Ich schrie nach Raimund, der gleich gelaufen kam. "Hol einen Essig zum Einreiben!" In der Geschwindigkeit erwischte ich einen 10 %igen Essig. Raimund rieb das Kind ein, welches wieder lebendig wurde. Dann gab ich ihm einen Topfenumschlag auf die Stirn und um den Brustkorb und blieb bei ihm liegen. Am nächsten Tag, es war der Muttertag, hat meine Tochter wieder Nahrung zu sich genommen. Am Montag ging ich zum Gemeindearzt, und berichtete ihm von dem Vorfall. Er untersuchte das Kind und sagte: "Die Krisis ist überwunden. Wenn Sie wollen, können Sie mit dem Kind ins Spital gehen." Ich erzählte es Raimund. "Was willst du im Spital, wenn die Krisis vorüber ist?" So gesehen hatte er Recht, und ich unterließ den Besuch im Spital.

1956 bekam Raimund aus zweiter Hand einen englischen Kombiwagen zu kaufen. Er sah gut aus gegenüber dem alten Wagen, der abenteuerlich wirkte, und dem die Straßenbuben Spottnamen nachriefen. Die erste Ausfahrt führte uns zu meinen Eltern. Meiner Tochter, sie hieß Ursula, Uli nannten wir sie, erklärte ich: "Das ist ein Auto. Ein Auto, wo wir fahren." Meine Eltern bestaunten diese Neuerwerbung. Als wir nach Hause kamen, wir waren zum Mittagessen eingeladen, legte ich meine Tochter ins Gitterbett zum Schlafen. Kurze Zeit später weinte sie bitterlich. Als ich zu ihr ins Zimmer kam, frage ich: "Was ist denn los? Tut dir was weh?" Sie schluchzte: "Auto, Auto, Auto!" Ein Auto machte damals auf die Kinder einen großen Eindruck. Es hatte noch einen Seltenheitswert.

Ich hörte einmal auf der Straße, als ich für meinen Mann unterwegs war, folgendes: Ein dreikäsehohes Bürschchen stand vor einem Auto und betrachtete es voller Neugierde. Neben ihm stand eine ältere Frau, die auch Interesse für das Auto zeigte: "Gelt, das ist ein schönes Töff, Töff", sprach sie zu dem Knirps. Dieser blickte sie überlegen an und verbesserte ihren Ausdruck in: "Opel Caravan!"

Freies Österreich

Seit einem Jahr haben uns die Besatzungsmächte verlassen. Österreich ist frei! ! ! Rückblickend kann ich über die Besatzungszeit sagen: Es war eine schöne Zeit. Eine Minderheit nützte die Kulturangebote der verschiedenen Nationen aus. Auf bequeme Art kam man von einem Land zum anderen. Ich liebte bei den Russen die populärwissenschaftlichen Vorträge und Filme, von den Amerikanern ihre Bücherei. Die Engländer hatten ein gutes Theater, die Franzosen gaben mir für so manche Mode Anregungen, die ich als gelernte Schneiderin aus alten Sachen realisierte. Raimund und ich waren nun neun Jahre verheiratet und hatten uns bisher noch keinen Urlaub vergönnt. Das war damals für die Selbständigen nicht üblich. Also beschlossen wir 14 Tage auszuspannen und eine Rundreise durch Österreich zu unternehmen. Wir stellten uns das recht romantisch vor. Wo ein schöner Platz ist, wollten wir halten und die Natur genießen. Schöne Plätze fanden wir, aber die waren mit Stacheldraht eingezäunt. Dann passierte mit Raimund etwas unvorhergesehenes. Als er sich bei einer Rast in die Büsche schlug, Sie werden ahnen, was er vorhatte. Plötzlich schrie er auf. Er rannte zu mir und zeigte mir sein empfindlichstes Stück, das eine Wespe gestochen hatte und vor meinen Augen eine beachtliche Größe erreichte. Ohne zu zögern riß ich ein Huflattichblatt aus, das ich am Straßenrand fand und bedeckte trotz Protest damit sein Glied. In kürzester Zeit kehrte es in seine ursprüngliche Größe zurück.

Die Kenntnisse von Heilkräutern hatte ich mir in der Kindheit erworben. Es waren die Sommermonate, als Mutter und ich am Land lebten, Wald und Fluß durchstreiften und Heilkräuter sammelten, die wir für den Winter trockneten.

Und noch etwas ist mir von dieser Reise mit Raimund im Gedächtnis geblieben: Auf einer Gebirgsstraße wären wir fast abgestürzt. Der Hinterteil des Autos hing schon in der Luft. Wieso wir in diese brenzlige Situation kamen, weiß ich nicht mehr. Jedenfalls waren wir froh, wieder in Wien zu sein.

Nun dachte ich daran, meinen Mann für meine Arbeit einzuspannen. Wenn ich für ihn "spazieren" ging, so könnte er mir beim Einkaufen der Lebensmittel helfen. Er erklärte sich dazu bereit. Der Anfang war recht erfolgversprechend. Er brachte eine Gans nach Hause. Ich briet sie, aber sie blieb hart. Dann gab ich sie in den Kochtopf. Sie änderte kaum ihr Verhalten. Voller Wut drehte ich sie durch die Faschiermaschine und machte Laibchen daraus. So kam Raimund zu einer neuen Kreation von einer Gans, die ihm sehr schmeckte. Nachdem ich gewissenhaft wie meine Mutter an das Erziehungsproblem heranging, wollte ich mich, wie sie, beraten lassen. Das einfachste wäre gewesen, mir Bücher zu kaufen. Für unsere damaligen finanziellen Verhältnisse waren sie mir zu teuer. Aber der Zufall bescherte mir 1,5 Meter pädagogische Bücher. Das ging so vor sich:

Eine russische Buchhandlung verkleinerte sich und übersiedelte. Der Überschuß an Büchern wurde verkauft und war ganz billig. Pädagogik bleibt Pädagogik, so dachte ich mir, und fing die Bücher zu lesen an. Das allerwichtigste ist die Sprache. "Ohne Sprache, keine geistige Entwicklung", so las ich in einem Buch und schritt zur Tat. Ich belegte einen Rethorikkurs in der Volkshochschule. Man erlaubte mir, die Tochter mitzunehmen, vorausgesetzt sie stört nicht. In der Schule mußten wir seitenlange Gedichte von den Klassikern auswendig lernen. "Ohne meine Tochter" hätte ich sie mir nie in meinem Leben mehr angesehen. So lästig ist mir das Lernen gefallen. Aber jetzt, auf freiwilliger Basis fiel mir die Schönheit der Sprache auf, und viele genußreiche Abende verbrachten meine Tochter und ich in der Volkshochschule. Nebenbei lernte meine Tochter die Gedichte und überraschte uns damit.

Der Herr Professor war ein Künstler im Vortrag. Seine Schulung beruhte hauptsächlich auf die Vortragskunst. Nicht jeder Rethorikkurs ist so aufgebaut. Mit 19 Jahren besuchte ich auch einen Kurs, der völlig anders verlief. Nachdem mir der Kurs sehr geholfen hat, möchte ich ihn näher erklären: Der menschliche Körper wurde mit einem Kohlenofen verglichen. So ein Ofen war aus Eisen. Im Inneren war ein Rost. Auf diesen legte man Holzstücke mit Papier und Kohlenstücke. Dann zündete man sie an, später konnte man mit Kohlen nachlegen. Der Ofen gab eine gute Wärme, aber er mußte jeden Tag entschlackt werden. Wenn man es nicht machte, konnte er nicht brennen. Die Schlacken verstopften die Luftzufuhr, und ohne Sauerstoff kein Feuer.

Es gibt keinen Menschen, dem nichts Unangenehmes passiert. Was macht dieser? Er schiebt das ganze weit weg von sich. Es sammelt sich Schlacke auf Schlacke und eine Neurose beginnt. Um vorzubeugen, muß man jeden Tag vor dem Schlafengehen den Tagesablauf abrollen lassen und die häßlichen Dinge aufarbeiten. Am Anfang tut es weh, später fällt es leichter. Es erinnerte mich an die Zeit, wo ich eine Heilige werden wollte. Da mußte man sich auch erinnern, was man den ganzen Tag über machte, und konnte ein Kreuzchen schreiben, wenn man den Verführungen standhielt.

Der Vorfall

Es folgten Wochen der ruhigen Art, nichts deutete auf eine Unterbrechung hin. Aus heiterem Himmel passierte mir folgendes: Die Tochter und mein Mann bewohnten ein Zimmer zur Straßenseite. Ein sechs Meter langes Vorzimmer trennte mich von ihnen. Mein Zimmer lag auf der Hofseite. Daneben war die Küche. Ich wachte in der Nacht durch ein lautes Weinen meiner Tochter auf. Ich eilte durch das sechs Meter lange Vorzimmer zu ihrem Bett und ergriff ihre Händchen. Sie war heiß und hatte hohes Fieber. Bevor ich noch richtig überlegen konnte, was ich machen kann, riß mein Mann die Verbindungstür auf und beschimpfte mich auf das gemeinste: "Ich stich dich ab! Ich stich dich ab!" schrie er mich an und eilte durch das Vorzimmer in der Küche. "Wo ist das Messer? Ich hab es gleich!" Dann stürmte er zurück. Das Zimmer meiner Tochter hatte zwei Türen. Die Tür, die ins Vorzimmer ging, konnte ich zusperren. Die Verbindungstür konnte ich nicht mehr schließen. Ich hielt sie zu. Mein Herz klopfte zum Zerspringen. Schweiß brach aus allen Poren. Meine Kräfte ließen nach. Ich wurde zur Seite geschoben. Groß und mächtig stand Raimund vor mir. Gleichzeitig stand auch unsere Tochter vor uns und weinte. Mein Mann sah erstaunt auf sie, strich sich mit der Hand über sein Gesicht, wie wenn er etwas wegwischen wollte, und war schlagartig völlig anders. Ich erklärte ihm, daß unsere Tochter hohes Fieber habe und daß ich ihr einen Umschlag machen werde. Mein Mann ging schlafen. Am nächsten Tag wußte er nichts mehr davon und glaubte mir auch nicht, als ich ihm seine Verfehlung vorwarf.

Heute lieferte ich den Quartalkrankenschein an meinen behandelnden Arzt ab. Bei dieser Gelegenheit fragte ich ihn, ob es möglich sei, daß ein Mensch etwas macht, das er später nicht mehr weiß. Mir ging es darum, Handlungen mit

Wahrheitsgehalt zu beschreiben. Die Antwort des Arztes war: "Solche Aktionen können bis zum Mord führen. Der Betreffende ist weder vorher noch nachher irgendwie auffallend. Die Handlung ist auf ganz kurze Zeit beschränkt." Ich stand mit meiner schrecklichen Erfahrung alleine da. Wo konnte ich mich hinwenden?

Ich war in einer städtischen Bücherei eingeschrieben. Dort bat ich um ein Buch, das ausführlich über die Konstruktion des männlichen Körpers berichtet. Zusammen mit einer Freundin studierten wir das Buch. Wir erfuhren viel Neues. Wir glaubten bis dahin, daß der Mann sein Organ dirigieren könne. Aber es war umgekehrt - das Organ bestimmte den Mann. Sollte es leistungsfähig sein, so verkroch es sich. Je peinlicher die Situation, desto prächtiger blühte es auf. Ein paar einfache Handgriffe wurden beschrieben, wie man "den kleinen Prinzen" zum Leben erwecken kann. Mit großem Erfolg probierten meine Freundin an ihrem und ich an meinem Mann diese Handgriffe aus. Seit diesem Zwischenfall bestimmte ich den Zeitpunkt. Ich nannte es "die Bombe entschärfen". An dem Abend, wo der schreckliche Vorfall passierte, ging ich vorher lieber ins Kino, als Raimund "zur Verfügung" stehen zu müssen. Ich vermutete, daß das damals der auslösende Moment war.

Das Lebensnotwendigste hatten Raimund und ich uns erkämpft. Jetzt fing ein bißchen Luxus an. Der schaute so aus: Wir mieteten uns am Land ein Zimmer und verbrachten dort die Wochenenden mit unserem Kind. "Hör zu", sagte Raimund gleich am Anfang zu mir, "wenn wir ins Gasthaus essen gehen, kostet es Geld und wir sitzen alleine dort. Um dasselbe Geld kann die Familie, wenn du kochst, mit uns mitleben und wir sind nicht alleine, wir haben dann Gesellschaft." Ich war einverstanden, und kochte von nun an jedes Wochenende für acht Personen. Es waren ein Ehepaar, zwei Kinder, ein Großvater und wir. Mir machte es Spaß, ich konnte meine Fähigkeiten voll ausleben. Ich arrangierte Feste mit Buffet, brachte ungewöhnliche Gerichte auf den Tisch und erntete von den Fremden Lob über Lob. Dann hatten wir das erste ersparte Geld. "Erkundige dich, wie wir das Geld anlegen können", sagte Raimund eines Tages zu mir. Ich fing zu fragen an. Es war enttäuschend, was ich da zu hören bekam. Zum Beispiel: "Goldschmuck wird sehr gering bewertet, weil nur der Goldwert zählt, und nicht die Verarbeitung!" Da das Geschäft florierte, stand zur Debatte, ob eine Vergrößerung sinnvoll wäre. Da waren aber die Schwierigkeiten mit Arbeitskräften, die schwer zu kriegen waren. Am sinnvollsten war es ein Grundstück zu kaufen, ein solches war aber schwer zu bekommen.

An einem Wochenende, als ich wieder für acht Personen kochte, brachte mein Mann das Gespräch in diese Richtung und bat, man solle sich umhören, er wolle ein Grundstück kaufen. Kurze Zeit später kam von Raimunds Großvater ein Telegramm, er habe ein Grundstück ausfindig gemacht und bis Samstag sei es reserviert. Raimund solle Bargeld mitbringen. Freitag nachmittags fuhren wir mit S 50. 000, - in bar aufs Land. Samstag vormittags sollte die Geldübergabe im Beisein eines Notars stattfinden. Nur war Samstag vormittags kein Geld da, es war verschwunden. Raimund war verzweifelt und ich tröstete ihn. Dann ging ich systematisch im Suchen vor. Ich fand dann auch das Geld. Es war an einer Stelle deponiert worden, wo man normalerweise kein Geld hinlegt.

Die Geselligkeit mit der Familie hörte schlagartig auf, als sich der Großvater zu seinem Geburtstag einen Fernseher kaufte. Da saßen wir alle vor diesem Apparat und blieben stumm. Bei der Anlegung eines Gartens auf dem Grundstück half uns der Großvater. Der Hausbau ging schleppend voran, da wir keinen Kredit nahmen. Wir bauten nur so weit wir Geld hatten. Meine freiwillige Pensionierung verlor ich durch die Schuld eines Beamten. Das war so: Bis jetzt hatte ich den Mindestbeitrag gezahlt und nun wollte ich eine Stufe höher zahlen. Der Beamte datierte den Betrag, den ich einmal im Jahr zahlte nach rückwärts und nicht für das laufende Jahr. Als ich wieder zahlen wollte, war die vorgeschriebene Frist überschritten, und ich aus der Versicherung draußen. Aber man tröstete mich: "Arbeiten Sie ein halbes Jahr und die Versicherung lebt wieder auf", sagte mir der Beamte. Der Irrtum des Beamten stellte sich viele Jahre später als Glücksfall heraus. Ich überzeugte Raimund, daß ein halbes Jahr schnell zu Ende sei und ich dann wieder freiwillig weiter zahlen könne. Widerwillig gab er mir dazu die Zustimmung. Ich versprach ihm, die Kunden weiter zu betreuen.

Schon in der ersten Woche tauchten Schwierigkeiten auf. Ich fand in einer Herrenhosen-Erzeugung Arbeit. Ich wurde auf einer neuen Maschine eingeschult, die den Stoff endeln und zugleich zuschneiden konnte. Bevor die Hosenteile zusammengenäht wurden, mußten die einzelnen Teile geendelt sein, damit der Stoff nicht ausfranst. Mit der Arbeit fand ich mich rasch zurecht, aber mein Körper spielte nicht mit. Ich hatte so starke Blutungen, daß ich freitags eine Klinik aufsuchen mußte. Ich entschuldigte mich telefonisch bei der Firma. In der Klinik wollten sie mich gleich behalten. Nachdem es ein spontaner Entschluß war, die Klinik aufzusuchen, wußte ja niemand, wo ich war. Also mußte ich unterschreiben, daß ich auf eigene Gefahr nach Hause gehe. Zu Hause ging ich zu einem praktischen Arzt, und ließ mir ein blutstillendes Mittel verschreiben: "Ich verschreibe es Ihnen, aber helfen wird es Ihnen nicht", war die Antwort des Arztes. Als letzte Rettung studierte ich mein Kneipp-Buch. Dort las ich, daß kaltes Wasser die Blutung stille. In meiner Verzweiflung füllte ich die Badewanne mit kaltem Wasser an, tauchte unter und ging ins Bett. Die Blutung war zu

Ende, aber auch meine Arbeit in der Firma. Als ich montags zur Arbeit ging, gab man mir das Entgelt und verzichtete auf meine weiteren Dienste.

Nach einigen Fehlschlägen blieb ich in einer Damenmäntel-Schneiderei hängen. Ich mußte Mantelfutter mit der Nähmaschine in die Mäntel einnähen. Das Zuschneiden der Stoffe hatte sich sehr stark geändert. Früher lag der Stoff einzeln auf, jetzt aber wurde der Stoff gute zehn Zentimeter hoch aufgeschlichtet und elektrisch zugeschnitten. Die einzelnen Teile waren nicht genau groß und beim Nähen mußte das ausgeglichen werden. Aber da mußte ich erst darauf kommen, denn gesagt hatte es mir niemand. Ich war dort vom 5.8.1964 bis 7.5.1965 beschäftigt, und verließ die Firma dann auf eigenes Verlangen. Aber ich blieb nicht zu Hause, sondern nahm eine Stellung bei der Gemeinde Wien an.

Im Frühjahr 1965 annoncierte die Gemeinde Wien seitenweise in den Tageszeitungen um Arbeitskräfte. Sie machte günstige Angebote, suchte Halbtagskräfte und zeigte sich bereit, Ungelernte anzulernen. Ich meldete mich, bekam einen Termin und wurde einer Testreihe unterzogen, die drei Stunden dauerte. Zum Schluß führte ein Psychologe ein Gespräch mit mir. Er wollte Näheres aus meinem Leben wissen. Meine Antwort war: "Da muß ich Ihnen einen Roman erzählen!" Darauf verzichtete er. Die letzte Frage war: "Wann können Sie anfangen?" "Nach Ablauf der Kündigungsfrist", war meine Antwort. Am 7.5.1965 war meine Arbeit bei der Damenmäntel-Schneiderei zu Ende.

Vom Wesen der Erziehung

Der 10. 5. 1965 war der Neubeginn bei der Gemeinde Wien. Ich wurde dem Allgemeinen Krankenhaus zugeteilt und arbeitete im Büro. Meine Aufgabe war die Aufenthaltskosten im Krankenhaus zu berechnen. Zwei Monate machte ich diese Arbeit. In dieser Zeit hatte ich ein Erlebnis, das mich sehr nachdenklich machte: Wir hatten im Bürozimmer jeden Tag einen lieben Besuch. Es war ein Spatz, der durch das kleine Fenster, das über dem großen Fenster war und offenstand, zu uns hereinflog und sich sein Futter holte, das an der Tischecke für ihn bereit war. Dann waren die Tage besonders warm, und die großen Fenster wurden weit aufgemacht. Jetzt kam der Spatz mit zwei kleinen Spatzen zu uns geflogen. Diese standen stramm und rissen ihre Schnäbel weit auf. Unermüdlich stopfte die Alte die Körnchen in sie hinein. Zwei Tage lang konnten wir das beobachten. Am dritten Tag pickte der Spatz für sich selbst die Körner auf und ignorierte die zwei Kleinen. Diese waren zuerst einmal so geschockt, daß sie keinen Piepser machten, aber dann begann ein wüstes Gezeter. Das war der Augenblick, wo die Alte fortflog. Jetzt standen die beiden mutterseelenallein da. Sie dachten nach, und der eine probierte aus, was er gesehen hatte. Er beugte sein Köpfchen hinunter und pickte ein Körnchen auf, hob sein Köpfchen in die Höhe und irgendwie rutschte das Körnchen in den Hals hinunter. Dann machte er es noch einmal und noch einmal. Der andere probierte es auch aus. Auf eins, zwei beherrschten die beiden die Technik des Körnchenaufpickens. Wie sie so lustig drauflos pickten, gesellt sich die Mama dazu. Zu dritt pickten sie fröhlich dahin. Ich dachte mir: 'Siehst du, so einfach ist die Erziehung zur Selbständigkeit! Und was machen die Menschen? Sie zeigen Ihren Kindern Mord und Totschlag als Unterhaltung!"

Zwei Monate später wurde ich als Urlaubsvertreterin in ein Kleidermagazin versetzt. Ich machte mir gleich Kopien vom Schriftverkehr. Der Beamte wunderte sich, daß er so zeitig eine Vertretung bekommen hat. Er gehe erst in einem Monat in den Urlaub, und bis dahin sei ich leicht ohne Kopien eingearbeitet. Zum Glück ließ ich mich nicht beirren. Die Woche darauf wurde er schon abgezogen, weil im Büro ein Beamter in den Krankenstand ging. In diesem Magazin wurden die Kleider von den Patienten aufbewahrt, die im Spital verstorben waren. Als Hilfe hatte ich eine Frau, die das Magazin sauber hielt, und die Kleidungsstücke ausfolgte, wenn sie von mir einen Ausfolgeschein bekam. Sie hatte keinen Beruf erlernt, war aber genauso wie ich bei der deutschen Reichsbahn dienstverpflichtet. Sie war Schrankenwärterin und ich technische Zeichnerin. Meine Art mit ihr umzugehen war ihr fremd. Der Beamte sprach mit ihr nur das Notwendigste, hielt Abstand. Mir aber war es wichtig, daß sie sich bei meiner Arbeit auskennt. Sollte ich aus irgendeinem Grund zu Hause bleiben müssen, so sollte meine Arbeit nicht durcheinander gebracht werden. Es entwickelte sich eine gute Zusammenarbeit. Schwierig wurde es nur, wenn ich auf Urlaub ging und der ehemalige Beamte jetzt meine Urlaubsvertretung bekam. Ich wurde als Urlaubsvertretung in das Magazin versetzt und blieb als Halbtagskraft dort hängen. Der Beamte hatte nur noch den Posteingang zu sortieren. Die andere Arbeit von ihm machte ich an einem halben Tag. Es war verständlich, daß er sauer auf mich war. Ja, er sprach mich sogar an: "Wenn Sie meine Arbeit nicht machen können, kann ich wieder auf meinen Platz zurück!" "Wenn ich es nicht kann, kommt jemand anderer auf den Platz", gab ich zur Antwort. Dann endlich erklärte ihm der Chef, daß ein Zurückgehen auf seinen Arbeitsplatz nicht vorgesehen ist, weil der Platz jetzt ein Halbtagsplatz sei.

Dann passierte etwas, was schrecklich für mich hätte ausgehen können: Der Beamte hatte meine Urlaubsvertretung. Als ich mich am ersten Tag nach dem Urlaub zum Schreibtisch setzte, krachte der Sessel zusammen. Wenn ich mich nicht beim Schreibtisch abgestützt hätte, wer weiß was mir passiert wäre. So kam ich mit einem Schock davon. Es passierte damals so vieles gleichzeitig, daß ich mich heute wundere, daß ich zurecht kam. Da war einmal Uli, die heulend von der Schule nach Hause kam. "Warum heulst du?" fragte ich sie. Uli schluchzte auf: "Die Kinder in der Schule sagen zu mir, daß ich ein armes Kind bin, weil ich noch nicht im Ausland war." Als ich mit Raimund darüber sprach, bekam ich als Antwort: "Ich werde schuften und ihr das Geld verputzen, bei mir nicht! Schaut, daß ihr zu Geld kommt, dann könnt ihr fahren!" Ich fand zusätzlich bei einem Großhändler für Knöpfe stundenweise Arbeit. Ich klebte die Knöpfe auf eine Karte. Uli machte dasselbe. Es ging sich neben der Schule mit der Zeit aus.

Gleichzeitig besuchte ich einen Kurs für die Führerscheinprüfung. Ich lernte auf einem Simulator. Das war eine neue Methode. 32 Stunden waren vorgesehen, dann erst kamen die richtigen Fahrstunden. Raimund wollte ich damit überraschen, weil er mir bei jeder Gelegenheit erzählte, wie tüchtig die jungen Frauen heute sind, da jede schon einen Führerschein hat. Die Theorie schaffte ich auf Anhieb, bei der Praxis bin ich zweimal angetreten. Als ich meinem Raimund den Führerschein zeigte, konnte er es nicht fassen, daß ich auch einen habe. Außerdem teilte ich ihm mit: "Uli und ich machen eine Europafahrt, das Geld haben wir beisammen!" Sein Selbstbewußtsein war erschüttert. Er war überzeugt, daß wir das nie schaffen würden. Meine Mitteilung war für Raimund wie ein Schlag ins Gesicht. Von da an wurde ich von ihm mit ausgesprochenem schikanösem Benehmen verfolgt. Er provozierte ständig Streit und ich brach in Tränen aus. Von der Mitteilung unserer Europafahrt bis zum tatsächlichen Antritt verging noch einige Zeit. Da passierte folgendes: Wir fuhren Freitag nachmittags aufs Land hinaus. Ich saß im Auto vorn am Beifahrersitz. Da quälte mich wieder Raimund und ich bekam einen Heulkrampf. Als ich kurz einen Blick zur Seite machte, sah ich wie Raimund glückselig vor sich hinsah, das Lenkrad fest in seinen Händen. So einen zufriedenen Gesichtsausdruck hatte ich bis dahin bei ihm noch nie gesehen. Von da an reagierte ich auf keinen seiner Versuche mich zum Weinen zu bringen. Es gibt einen Bumerang-Effekt, und daß dieser sehr wirksam ist, sah ich im Laufe der Zeit. Großmutter erzählte mir: "Großvater war auch nicht so wie ich ihn gerne gesehen hätte, aber ich reagierte nicht darauf. War immer lieb und freundlich zu ihm." Genauso machte ich es jetzt.

Die Reisevorbereitungen waren abgeschlossen, die Pläne besorgt. Die Reise ging los. 14 Tage eine Europafahrt! Ich rechnete nach: Es waren 21 Jahre, die ich mit Raimund verbracht hatte. Es war nur möglich gewesen, weil ich von Anfang an meinen Freiraum hatte und mein eigenes Zimmer. Das Jahr 1968 war das Jahr des Führerscheins und der Europafahrt. Die 14 Tage vergingen wie ein Traum. Ich sah mich bestätigt. Durch eigene Kraft konnte ich meine Wünsche verwirklichen: Brüssel, London, Paris waren für mich keine Namen mehr, sondern Bilder, die sich bewegten. Ich schloß Kontakte mit anderen Busreisenden und ließ mir von ihren Reisen erzählen. Als besonders erstrebenswert wurde mir eine Mittelmeerfahrt beschrieben. Mit viel Schwung kam ich vom Urlaub zurück und peilte als nächstes eine Mittelmeerfahrt an. Uli war auch voller Eifer dabei.

Zur gleichen Zeit steckte Raimund in einer Krise. Er hatte das Alter erreicht, wo er zu arbeiten hätte aufhören können. Zuerst wollte er das Geschäft verkaufen, fand aber keinen Käufer dazu. Um ganz genau zu sein, er hätte ein paar deutsche Interessenten gehabt. Aber er war ein Patriot, und er wollte sein Geschäft nur von unseren Leuten weitergeführt wissen. Diese hatten aber kein Geld. Dann spekulierte er mit einer anderen Lösung: In seinem Stammbeisl lernte er eine junge Kellnerin kennen, es war diejenige, die er mir als Vorbild immer vorhielt. Da ich seit der Geburt meiner Tochter nicht mehr mit ihm seine Beisln aufgesucht habe, war der gute Mann jeder Verführung ungeschützt ausgeliefert. Diese Person ging zielstrebig ans Werk. Ich fand Spuren ihrer Tätigkeit, aber ich schwieg dazu. Dann nahm er mir meinen Kundenstock weg. Meine Kunden, die ich mir selbst gefunden habe und noch immer betreute. Ich ging ja nur halbtags arbeiten. Ich verlor kein Wort darüber, sondern nützte die Zeit, um meine Kenntnisse in Stenographie und Maschinschreiben aufzufrischen.

Eines Tages las ich zu Mittag von einem verlorenen Prozeß seines Konkurrenten in der Zeitung. Dieser hatte sein Haus mit der Erzeugung der Ware und seinen Sohn, der bei ihm arbeitete, verkauft. Der Senior hatte eine junge Frau kennengelernt, und brauchte daher Geld. Der Sohn verstand sich nicht mit dem neuen Besitzer und machte sich unter seinem Namen selbständig. Daraufhin klagte ihn der neue Besitzer wegen seines Namens, daß er ihn nicht führen darf, denn diesen hat er auch mitgekauft. Der Sohn verlor den Prozeß. Mein Mann sprang vom Sessel auf und sagte zu mir: "Dort gehe ich gleich hin!" Mir war unklar, was er dort zu suchen hatte.

Ein paar Tage später, um Mitternacht, bat Raimund mich um ein Gespräch. "Du bist immer so gut zu mir. Ich bitte dich: Hilf mir von der Frau wegzukommen! Wenn ich nicht loskomme, ist unsere ganze Aufbauarbeit beim Teufel! Die ersten Schritte habe ich schon gemacht. Ich habe dem Konkurrenten mein Geschäft geschenkt. Als ich zu ihm kam, war seine Frau und er in tiefster Verzweiflung. Sie hatten den Prozeß verloren, das heißt, S 100. 000, – zu bezahlen und nicht wissen, von wo hernehmen!" Das war schon eine komische Rolle, die ich spielte. Aber ich hielt den Mund, und der ganze Wirrwarr löste sich auf: Die junge Frau, die als Vertreterin bei meinem Mann gearbeitet hat, verlor das Interesse an ihm, als sie sah, daß ihm nichts mehr gehörte. Für mich war der Weg für eine Ganztagsarbeit frei, nachdem ich keine Kunden mehr hatte.

Ich ging am Montag ins Rathaus und sagte, daß ich meine Arbeit nicht mehr könne. Immerhin hatte ich ungefähr 12. 000 Todesfälle bearbeitet und die meisten Angehörigen erzählten mir ausführlich über den Tod. "Können Sie Maschinschreiben?" "Ja", war meine Antwort. "Dann fangen Sie morgen bei der Gewerbekonzession an!" Als ich in die Klinik kam, meldete ich meinen Abgang dem Chef. Nachdem außer der Bedienerin keiner Bescheid wußte, zog man ihr einen weißen Arbeitsmantel an und sie führte zu vollster Zufriedenheit meine Arbeit weiter. "Jeder hat eine Chance: Bereit sein ist alles!" Das habe ich oft genug meiner Bedienerin gesagt. Nun erfüllte sich dieser Spruch für sie und für mich.

Eine junge Frau, die zwei Monate vor der Geburt eines Babys stand, schulte mich ein. Nachdem sie nach der Geburt wieder auf ihren Platz wollte, war die Einschulung mangelhaft. Wenn eine Partei um eine Konzession einreichte, mußte sie sich Stempelmarken besorgen. Der Beamte legte einen Akt an. Dieser kam zu mir. Ich schrieb das Schriftstück mit der Schreibmaschine und klebte die Stempelmarken auf ein oder zwei Seiten ein, so wie es mir der Beamte auf der letzten Seite des Aktes vorschrieb. Aber keiner sagte mir, daß Akte gebündelt sein können, und jeder Akt mit der Nummer 1 anfängt. So eine Bundesstempelmarke konnte man vom Schriftstück nicht herunternehmen, wenn sie falsch geklebt war. Man mußte sie auf eigene Kosten ersetzen. Ich hatte im ersten Monat fast meinen ganzen Gehalt "verklebt". In meiner Verzweiflung verschwand ich mit einer Ausrede aus dem Amt, und rief aus einer Telefonzelle das Finanzamt an. Der Beamte, mit dem ich sprach, tröstete mich und erklärte mir, wenn ich ihm die Akte schicke, so storniere er sie und schicke sie mir zurück, und auf meine Kontonummer überweise er mir das Geld. Der Büroleiter kam erst auf meine Manipulation drauf, als alles vorüber war. "Von dieser Möglichkeit habe ich nichts gewußt", sagte er mir.

Mit meiner Tochter

Uli und ich hatten das Geld zu einer Mittelmeerfahrt beisammen, so wollten wir auch fahren. Nachdem mein Mann die Geschäftsübergabe mit dem Notar und dem Finanzamt geregelt hatte, übersiedelte er aufs Land. Jedes Wochenende fuhr ich zu ihm, kochte ihm für die ganze Woche vor und wusch ihm die Wäsche. Seine Schwester und meine Mutter lebten über die Sommermonate auch bei ihm. Von meinem Mann aus gab es für die Fahrt kein Hindernis. Im Büro legte man mir auch nichts in den Weg. Also konnte ich Vorbereitungen treffen. So bequem wie die Europafahrt, im Bus einsteigen und wieder aussteigen, war die Mittelmeerfahrt nicht. Die Fahrt mußte in Dollar bezahlt werden. Der Umrechnungskurs war S 25, -- für einen Dollar. Heute, wenn der Dollar steigt, kostet er S 10, --. Nach Venedig mußte ich allein mit der Bahn fahren. Die Schiffsfahrt begann erst um 7 Uhr abends. Zu Mittag kam ich in Venedig an. So hatte ich Zeit mir Venedig anzusehen. Ich gab daher mein Gepäck in die Aufbewahrung. Als ich es mir um 5 Uhr nachmittags abholen wollte, wurde es mir nicht ausgefolgt. Es wurde mir richtig verweigert. Diese Situation war für mich ungewohnt. Scheinbar fügte ich mich, aber meine Augen suchten den Koffer. Als ich ihn fand, schnappte ich ihn blitzschnell und rannte davon. Das war der Beginn der Mittelmeerfahrt.

Am nächsten Tag machte ich beim Dolmetscher einen großen Wirbel: "Obwohl die deutschsprachigen Passagiere die zweitgrößte Gruppe sind, waren die Durchsagen und Speisekarten in englischer, französischer und in italienischer Sprache. Wenn ich ins Ausland fahre kann ich nicht verlangen, daß ich beliebt bin. Aber wenn mein Geld genommen wird, kann ich auch meine Sprache verlangen. Das ist eine bodenlose Frechheit so etwas zu machen. Ich werde sie nicht weiter empfehlen!" Der Dolmetscher verschwand schleunigst. Die Passagiere, die mitgehört hatten, gaben mir Recht und fragten, von wo ich käme. "Aus Wien", war meine Antwort. Ungläubig starrten mich die Menschen an. "Aus Wien, aus Wien, die Stadt der Gemütlichkeit!" Sie konnten es nicht fassen. Ich aber sagte trocken: "Bei so etwas hört sich bei mir die Gemütlichkeit auf!"

Am nächsten Tag gab es deutsche Speisekarten und deutsche Durchsagen. Dem Kapitän wurden die Passagiere namentlich vorgestellt. Jedem, der ihm vorgestellt wurde, drückte er die Hand. Das war der Beginn des Kapitänempfanges. Dann wurden Getränke serviert. Beim Nachtmahl war Abendgarderobe vorgeschrieben. Für Uli und für mich hatte ich ein Abendkleid geschneidert. Täglich gab es sieben Mahlzeiten. Um Mitternacht gab es noch ein Buffet. Als wir den Bosporus durchfuhren, gab es ein gut zehn Meter langes Buffet mit Köstlichkeiten. 'So müßte es im Schlaraffenland aussehen', dachte ich mir. Das war das erste Mal in meinem Leben, daß ich sah, was Luxus ist. Die Heimfahrt ging von Venedig auf eigene Faust mit der Bahn nach Wien. Uli und ich saßen am Bahnhof und wußten nicht, ob ein Zug nach Wien gehen wird oder nicht und ob die Eisenbahner streiken oder nicht. Diese Ungewißheit machte mich wütend. Als dann die Durchsage kam: "Alles einsteigen! Der Zug fährt nach Wien!" schwor ich mir: "Nie mehr Italien!"

Als ich meine Arbeit an meiner Dienststelle wieder antrat, sagte mir der Kanzleileiter: "Es tut mir leid, aber Ihr Platz ist schon besetzt. Die junge Mutter ist zurückgekommen." Er gab mir einen Überweisungsschein für die Wählerevidenz. Dort wurde ich eingeschult, und konnte nun einige Zeit in Ruhe arbeiten. Mein Ziel war jetzt die Kanzleiprüfung. Die Vorschrift war zuerst die Prüfung in Maschinschreiben und Stenographie und dann konnte man für die Kanzleiprüfung ansuchen. Zu derselben Zeit plante man eine Umorganisation auf Computer und wollte die Bediensteten dafür interessieren diese Ausbildung zu machen. 1973 hörte ich durch Zufall, daß das Gaswerk Leute suche. Ich rief an und man gab mir einen Termin zum Vorstellen. Zuerst aber hielt ich noch Rücksprache mit meinem Chef, der mir versicherte mir nichts in den Weg zu legen. Dann stand ich vor dem Personalchef. Er sah, daß ich alt war, 54 Jahre, und sagte zu mir: "Wir nehmen nur junge Leute auf!" Zornig erwiderte ich: "Was haben Sie wirklich von den Jungen? Sie werden gleich schwanger und fallen aus. Ich werde nicht mehr schwanger!" So eine klare Formulierung war der Beamte nicht gewöhnt. So bekam ich als Antwort: "Das letzte Wort soll der Arzt sprechen!" Mein Gesundheitszustand war gut. Ich wurde aufgenommen. Am 22.3.1974 hatte ich das Zeugnis, daß ich die Fachprüfung aus dem Kanzleidienst mit "Gut" bestanden habe.

Das Jahr 1974 war auch für meine Tochter wichtig. Sie bestand die Führerscheinprüfung, die Abschlußprüfung ihrer Ingenieur-Ausbildung, Fachgebiet Computer, und sie zog von zu Hause aus.

Ich bin jetzt 75 Jahre, so alt wie mein Mann, als er starb. Ich habe meine Geschichte aufgeschrieben, um mir selbst Klarheit zu verschaffen: Was war das einzig Beständige in meinem Leben? Die Veränderung.